旅遊日語
不卡卡

# 圖解
# 關鍵
# 字彙與
# 會話大全！

目錄

去日本之前
一定要讀一
次再去喔！

## MP3 線上下載說明：

本書 MP3 請至碁峰網站 http://books.gotop.
com.tw/download/ALJ000500 下載。其內容
僅供合法持有本書的讀者使用，未經授權
不得抄襲、轉載或任意散佈。

# Trip1 準備 <ruby>準備<rt>じゅん び</rt></ruby> 準備する

我不會說日語。
<ruby>日本語<rt>に ほん ご</rt></ruby> できません。

請在這本書裡指出來。
この <ruby>本<rt>ほん</rt></ruby>で <ruby>指<rt>ゆび</rt></ruby>さして ください。

我會說日語。
<ruby>日本語<rt>に ほん ご</rt></ruby>が できます。

# 01 日本 日本

## 日本的其他名稱

| 日本・JAPAN | 日本 | 日本 | JAPAN |
|---|---|---|---|
| **日本・JAPAN** | **にほん** | **にっぽん** | **ジャパン** |

## 日語

| 日語 | 平假名 | 片假名  | 漢字 |
|---|---|---|---|
| **日本語** | **ひらがな** | **かたかな** | **漢字** |

## 提到「日本」會想到什麼？

| 櫻花  | 溫泉  | 漫畫  |
|---|---|---|
| **さくら** | **温泉** | **漫画** |
| 動畫  **アニメ** | 祭典  **祭** | 地震 **地震** |
| 和服  **着物** | 壽司  **寿司** | 富士山 **富士山** |

準備

入境、出境

移動

步行

過夜

飲食

玩樂

購物

解決

交流

## ① 點餐、要求、請託時

請給我咖啡。

### コーヒー、〜ください。

---

這個
**これ**

---

那個
**それ**

---

那個
**あれ**

---

水
**お水** (みず)

+

請給我
**ください。**

## ② 詢問眼前的物品

這個是什麼呢？

### これは何ですか？

| 這個 | | | | 呢？ |
|------|---|---|---|------|
| これは | ＋ | | ＋ | ですか？ |

多少錢
**いくら**

是日本製
**日本製**

是什麼味道
**どんな味**

是哪種肉
**何の肉**

9

## ③ 詢問有沒有物品時

有雨傘嗎？

**傘、ありますか？**

地圖
**地図**

宣傳小冊
**パンフレット**

**＋**

有嗎？
**ありますか？**

大 尺寸
**大きい サイズ**

小 尺寸
**小さい サイズ**

不過要問的對象是人時，要用いますか？

會說中文的人
**中国語、話せる 人**

**＋**

有嗎？
**いますか？**

車站在哪裡？

# 駅は どこですか？

---

廁所
## トイレ

---

入口
## 入り口

---

出口
## 出口

---

搭計程車的地方
## タクシー乗り場

+

在哪裡？
## はどこですか？

可以請您幫一點忙嗎？

# ちょっと お願いしても いいですか？

---

照相
**写真を 撮っ**

---

進去裡面
**中に 入っ**

---

問路
**道を 聞い**

**+**

可以嗎？
**てもいいですか？**

---

用這個
**これ 使っ**

我想去ブックオフ。

# ブックオフに行きたいんですが・・・

**Check in**
**チェックイン し**

**Check out**
**チェックアウト し**

吃御好燒
**お好み焼きを 食べ**

換錢
**両替 し**

我想要 check in。

＋　　　我想要
**たいんですが・・・**

# 03 至少要記住這些！

準備

入境、出境

移動

步行

過夜

飲食

玩樂

購物

解決

交流

## 呼叫對方

| 那個⋯（說話時的起始句）<br>**ちょっと！** | 不好意思⋯⋯<br>**すみません！/ すみません・・・** |
|---|---|
| 欸⋯⋯<br>**あのう・・・**   | 是，怎麼了嗎？<br>**はい、<ruby>何<rt>なん</rt></ruby>ですか？** |

すみません有各種意義，可用在呼叫店員、道歉、借過等情況。

あのう是在說話前或回答前思考時的發語詞。

## 表達意思

| 是的。<br>**はい。** | 不是。<br>**いいえ。** |
|---|---|
| 我知道了。<br>**わかりました。** | 我不知道。<br>**よく わかりません。** |
| 不錯啊！<br>**いいですね。**  | 這有點⋯⋯<br>**それは ちょっと・・・** |
| 拜託了。<br>**お<ruby>願<rt>ねが</rt></ruby>いします。**  | 沒關係。<br>**いいです。/ <ruby>結<rt>けっ</rt></ruby><ruby>構<rt>こう</rt></ruby>です。** |

## せめて これだけは 覚えましょう

### 打招呼

早安。　　　　　　　　午安。　　　　晚安。

**おはよう ございます。/ こんにちは。/ こんばんは。**

好久不見了
**お久しぶりです。**

過得好嗎？
**お元気でしたか？**

是的，托您的福過得很好。
**はい、お陰様で、元気です。**

### 用餐時的問候語

我要開動了。
**いただきます。**

我吃飽了。
**ごちそうさまでした。**

### 第一次見面

初次見面。
**はじめまして。**

請多多指教。
**よろしく お願いします。**

### 到達日本時

歡迎來到日本。
**ようこそ日本へ。**

### 在商店裡

歡迎光臨。
**いらっしゃいませ。**

15

# 04 再多學一點就能溝通更多

## 萬能用法

（同時伸出手）請～
**どうぞ！**

即使日語説得不流利，只要伸出手並説どうぞ，就可輕鬆表達「請坐、請吃、請用、請收下、請先搭乘、請進來……」等各種意思，要表達謝意時，也可以只説どうも。

謝謝！
**どうも!**

請用～ 　　　 謝謝

## 謝謝

| | | |
|---|---|---|
| 謝謝。<br>**ありがとう。**  | → | 真的很感謝。<br>**どうも、ありがとう。** |
| 謝謝。<br>**ありがとうございます。** | | 真的很感謝。<br>**どうも、すみません。** |

## 道歉

對不起。
**すみません。**

真的很對不起。
**どうも、すみませんでした。**

對不起遲到了。
**遅（おそ）くなって すみません。**

どうも、すみません同時含有道歉及感謝的意義，どうも、すみませんでした用於做錯事的道歉。

**稱讚、感嘆**

| | | |
|---|---|---|
| 真的 **本当に** ほんとう | | |
| 非常 **すごく** | | |

+

可愛 **かわいい**

好吃 **おいしい**

漂亮 **キレイ**

厲害 **上手** じょうず

有趣 **おもしろい**

+

呢！ **ですね！**

是嗎？ **そう？**

是嗎？ **そうですか？**

真開心！ **うれしい！**

心情真好！ **うれしいです！**

**疑問**

| | |
|---|---|
| 準備 | |
| 入境、出境 | |
| 移動 | |
| 步行 | |
| 過夜 | |
| 飲食 | |
| 玩樂 | |
| 購物 | |
| 解決 | |
| 交流 | |

| 何時 いつ | + | 吃飯？ 食べますか？ |
|---|---|---|

哪裡 どこで ＋ 買？ 買いますか？

什麼 何を ＋ 做？ しますか？

哪裡 どこに ＋ 去？ 行きますか？

 有嗎？ いますか？ 會動的生物使用いますか。

 不會動的事物用ありますか。 有嗎？ ありますか？

如何 何に ＋ 做？ しますか？

搭乘？ 乗りますか？

哪裡有（雨傘）嗎？

| 多少 いくら | 為什麼 なぜ | 哪邊 どっち |
|---|---|---|
| 哪個 どれ | 如何 どう | 誰 誰 |

＋ 是？ ですか？

18

## 副詞

| 快點<br>はや<br>早く | 果然<br>やっぱり | 一點<br>ちょっと | 首先<br>とりあえず |
| --- | --- | --- | --- |

| | | |
| --- | --- | --- |
| 快點走吧！<br>はや い<br>早く 行きましょう。 |  | 果然不會做！<br>やっぱり、やめます。 |
| 請等一下。<br>ちょっと 待って ください。 | | 先來杯啤酒！<br>とりあえず、ビール！ |

| 馬上<br>すぐ | 已經<br>もう | 尚未<br>まだ | 慢點<br>ゆっくり | 很多／一杯<br>いっぱい |
| --- | --- | --- | --- | --- |

| 馬上好嗎？<br>すぐ できますか？ | 已經吃過了嗎？<br>た<br>もう 食べましたか？ | 還沒。<br>まだです。 |
| --- | --- | --- |
| 慢慢來！／慢慢吃！<br>ごゆっくり どうぞ！<br><br>　　　　　也可以説どうぞ、ごゆっくり。 | | 請給我多一點！／請給我一杯。<br>いっぱい ください！ |

若把いっぱいください的重音放在いっ，就是「請給我一杯」；把重音放在ぱ，就是「請給我多一點」。一般會把一杯 (いっぱい)用漢字表示。

# 05 來學幾句關西腔 関西弁のひとこと

我們一般學的日語是標準語，也就是東京的腔調，這裡要介紹一些在電視上也經常可聽到的關西腔。大阪、京都、兵庫、奈良等關西地區使用的方言叫做関西弁 (かんさいべん：關西腔)，關西腔的特徵是加長語尾或是省略助詞。

準備

入境、出境

移動

步行

過夜

飲食

玩樂

購物

解決

交流

謝謝！

**ありがとう！＝おおきに！**

真的嗎？

**ホントに？＝ホンマに？**

不錯喔！／真好。

**いいなぁ。＝ええなぁ。**

很好吧？／很帥氣吧？

**いいだろう？＝ええやろ？**

我不介意！／沒關係！

**かまわない！・大丈夫！＝かまへん！**

不行！

**だめ！＝ あかん！**

不行嗎？

**だめなの？＝あかんのん？**

為什麼？

**なんで？＝ なんでやねん？**

怎麼回事？

**どういうことなんだよ？＝どないやねん**

不是不是！/ 不一樣！

**違（ちが）う違（ちが）う！＝ちゃうちゃう！**

這個多少錢？

**これ、いくらですか？＝これ、なんぼ？**

請算便宜一點！

**ちょっと安（やす）くして ください！＝ちょっとまけて！**

那麼，再見！

**じゃあ、さようなら！＝ほな、さいなら！**

那麼，再見～

| 多少錢？<br>**いくらですか？** | → | ~日圓。<br>**〜円です。** | ~日圓。<br>**〜円で ございます。** |

韓元是 ₩（ウォン），美金是 ＄（ドル），日圓是 ¥（えん）。

從上面唸下來，就能説出想説的金額

| | | | | |
|---|---|---|---|---|
| 一萬<br>**10,000** | 兩萬<br>**20,000** | 三萬<br>**30,000** | 四萬<br>**40,000** | 五萬<br>**50,000** |
| 一千<br>**1,000** | 兩千<br>**2,000** | 三千<br>**3,000** | 四千<br>**4,000** | 五千<br>**5,000** |
| 一百<br>**100** | 兩百<br>**200** | 三百<br>**300** | 四百<br>**400** | 五百<br>**500** |
| 十<br>**10** | 二十<br>**20** | 三十<br>**30** | 四十<br>**40** | 五十<br>**50** |
| 一<br>**1** | 二<br>**2** | 三<br>**3** | 四<br>**4** | 五<br>**5** |

從一萬開始不唸做まんえん，而是加上いち唸成 1万（いちまんえん）、一億（いちおく）、一兆（いっちょう）；一萬以下則是 1千（せんえん）、1百（ひゃくえん）。

| ～日圓。 ～円になります。 | | 銭 お金（かね） | 紙幣 お札（さつ） | 硬幣 小銭（こぜに） |
|---|---|---|---|---|

| 六萬 60,000 | 七萬 70,000 | 八萬 80,000 | 九萬 90,000 | 萬 万（まん） |
|---|---|---|---|---|
| 六千 6,000 | 七千 7,000 | 八千 8,000 | 九千 9,000 | 千 千（せん） |
| 六百 600 | 七百 700 | 八百 800 | 九百 900 | 百 百（ひゃく） |
| 六十 60 | 七十 70 | 八十 80 | 九十 90 | 十 十（じゅう） |
| 六 6 | 七 7 | 八 8 | 九 9 | 元 円（えん） |

注意 300、600、800 的發音。

# 07 數字與量詞 数字と助数詞

| | 1 | 2 | 3 | 4 | 5 | 6 |
|---|---|---|---|---|---|---|
| | いち | に | さん | し・よん | ご | ろく |
| | いっこ | にこ | さんこ | よんこ | ごこ | ろっこ |
| | いちまい | にまい | さんまい | よんまい | ごまい | ろくまい |
| | いっぽん | にほん | さんぼん | よんほん | ごほん | ろっぽん |
| | いっぱい | にはい | さんばい | よんはい | ごはい | ろっぱい |
| | いちばん | にばん | さんばん | よんばん | ごばん | ろくばん |
| | いっかい | にかい | さんかい | よんかい | ごかい | ろっかい |
| | いっかい | にかい | さんがい | よんかい | ごかい | ろっかい |
| | ひとり | ふたり | さんにん | よにん | ごにん | ろくにん |
| | ひとつ | ふたつ | みっつ | よっつ | いつつ | むっつ |

準備 入境、出境 移動 歩行 過夜 飲食 玩樂 購物 解決 交流

24

| 7 | 8 | 9 | 10 | 數字讀法分為音讀和訓讀兩種。 | |
|---|---|---|---|---|---|
| しち・なな | はち | きゅう | じゅう | **音讀**<br>按照漢語的音讀。 | |
| ななこ | はっこ | きゅうこ | じゅっこ | 幾個<br>なん こ<br>**何個** | 用來數蘋果、餅乾、行李等一般較小的物品。 |
| ななまい | はちまい | きゅうまい | じゅうまい | 幾張<br>なん まい<br>**何枚** | 用來數衣服、票、盤子、紙張、郵票等扁平狀的物品。 |
| ななほん | はっぽん | きゅうほん | じゅっぽん | 幾根<br>なん ぼん<br>**何本** | 用來數酒瓶、雨傘、鉛筆等細長的物品。 |
| ななはい | はっぱい | きゅうはい | じゅっぱい | 幾杯<br>なん ばい<br>**何杯** | 用來數裝在杯子裡的飲料。 |
| ななばん | はちばん | きゅうばん | じゅうばん | 幾號<br>なん ばん<br>**何番** | 用來數地鐵出口、路線等，要說第一個、第二個時，用～番目表示。 |
| ななかい | はっかい | きゅうかい | じゅっかい | 幾次<br>なん かい<br>**何回** | 表達次數。 |
| ななかい | はっかい | きゅうかい | じゅっかい | 幾層<br>なん かい<br>**何階** | 表達樓層。 |
| ななにん | はちにん | きゅうにん | じゅうにん | 幾位<br>なん にん<br>**何人** | 表達人數。 |
| ななつ | やっつ | ここのつ | とお | **訓讀**<br>經常用在點餐時。 | |

# 08 時間 時間

準備

入境、出境

移動

歩行

過夜

飲食

玩樂

購物

解決

交流

| 早上 午前 ごぜん | 下午 午後 ごご | | 點 時 じ | | 分 分 ぷん |

1, 3, 4, 6, 8, 10 用ぷん，
2, 5, 7, 9 用ふん。

幾點 何時 なんじ

幾分 何分 なんぷん

12時 じゅうにじ

11時 じゅういちじ

1時 いちじ

10時 じゅうじ

2時 にじ

朝方 あさがた 凌晨

夜 よる 晚上

朝 あさ 早上

3時 さんじ

9時 くじ

夕方 ゆうがた 傍晚

昼 ひる 白天

4時 よじ

8時 はちじ

5時 ごじ

7時 しちじ

6時 ろくじ

| 10 じゅう | 20 にじゅう | 30 さんじゅう | 40 よんじゅう | 50 ごじゅう |

| 從~ ~から | 到~ ~まで |

| 1分 いっぷん | 2分 にふん | 3分 さんぷん | 4分 よんぷん | 5分 ごふん | 6分 ろっぷん | 7分 ななふん | 8分 はっぷん | 9分 きゅうふん |

| 10分 じゅっぷん | 20分 にじゅっぷん | 30分 さんじゅっぷん = 半 はん | 40分 よんじゅっぷん | 50分 ごじゅっぷん |

26

| 現在是幾點？<br>今、何時ですか？ | → | ~ 點 ~ 分<br>〜時〜分 | ~ 分前<br>〜分前 | 過了 ~<br>〜過ぎ |
|---|---|---|---|---|

吃飯<br>食事は

\+

要幾點開始呢？<br>何時にしますか？

\+

是<br>です。

---

泡澡<br>（泡溫泉）<br>お風呂は

幾點好呢？<br>何時が いいですか。

見面<br>待ち合わせは

~ 點，好嗎？<br>〜時は どうですか？

集合<br>集合は

訂於 ~ 點。<br>〜時に しましょう。

出發<br>出発は

是 ~ 小時後。<br>〜時間後に しましょう。

---

幾點到達呢？<br>到着は 何時ですか？

→

是 ~ 點。<br>〜時です。

| <ruby>年<rt>ねん</rt></ruby> | <ruby>月<rt>がつ</rt></ruby> | <ruby>日<rt>にち</rt></ruby> |
|---|---|---|

**年**

| <ruby>１９７０年<rt>せんきゅうひゃくななじゅう ねん</rt></ruby> | <ruby>１９９０年<rt>せんきゅうひゃく きゅうじゅう ねん</rt></ruby> | <ruby>２００８年<rt>にせんはち ねん</rt></ruby> | <ruby>２０２５年<rt>にせんにじゅうご ねん</rt></ruby> |
|---|---|---|---|

**星期**

| 一 <ruby>月<rt>げつ</rt></ruby> | 二 <ruby>火<rt>か</rt></ruby> | 三 <ruby>水<rt>すい</rt></ruby> | 四 <ruby>木<rt>もく</rt></ruby> | 五 <ruby>金<rt>きん</rt></ruby> | 六 <ruby>土<rt>ど</rt></ruby> | 日 <ruby>日<rt>にち</rt></ruby> | + | 星期 <ruby>曜日<rt>よう び</rt></ruby> |
|---|---|---|---|---|---|---|---|---|

| 六日 <ruby>土日<rt>ど にち</rt></ruby> | 一三五 <ruby>月水金<rt>げつ すい きん</rt></ruby> | 二四 <ruby>火木<rt>か もく</rt></ruby> | 平日 <ruby>平日<rt>へい じつ</rt></ruby> | 周末 <ruby>週末<rt>しゅう まつ</rt></ruby> | 假日 <ruby>休日<rt>きゅう じつ</rt></ruby> | 節日 <ruby>祝日<rt>しゅく じつ</rt></ruby> |
|---|---|---|---|---|---|---|

| 今天 <ruby>今日<rt>きょう</rt></ruby> | 明天 <ruby>明日<rt>あした</rt></ruby> | 後天 <ruby>明後日<rt>あさって</rt></ruby> | 陰曆 <ruby>旧暦<rt>きゅう れき</rt></ruby> | 日本使用陽曆生日，因此陰曆（いんれき）、陽曆（ようれき）的詞語已經很久不使用了，如果真要使用陰曆一詞，可用旧暦。 |
|---|---|---|---|---|

今天是幾月幾日？
<ruby>今日<rt>きょう</rt></ruby>は <ruby>何月何日<rt>なん がつ なん にち</rt></ruby>ですか？

準備　入境、出境　移動　步行　過夜　飲食　玩樂　購物　解決　交流

**月**

| いち がつ<br>**1月** | に がつ<br>**2月** | さん がつ<br>**3月** | し がつ<br>**4月** | ご がつ<br>**5月** | ろく がつ<br>**6月** |
|---|---|---|---|---|---|
| しち がつ<br>**7月** | はち がつ<br>**8月** | く がつ<br>**9月** | じゅう がつ<br>**10月** | じゅういち がつ<br>**11月** | じゅうにがつ<br>**12月** |

**日**

| ついたち<br>**1日** | ふつか<br>**2日** | みっか<br>**3日** | よっか<br>**4日** | いつか<br>**5日** | むいか<br>**6日** |
|---|---|---|---|---|---|
| なのか<br>**7日** | ようか<br>**8日** | ここのか<br>**9日** | と おか<br>**10日** | じゅういちにち<br>**11日** | じゅうににち<br>**12日** |
| じゅうさんにち<br>**13日** | じゅうよっか<br>**14日** | じゅうごにち<br>**15日** | じゅうろくにち<br>**16日** | じゅうしちにち<br>**17日** | じゅうはちにち<br>**18日** |
| じゅうくにち<br>**19日** | はつか<br>**20日** | にじゅういちにち<br>**21日** | にじゅうににち<br>**22日** | にじゅうさんにち<br>**23日** | にじゅうよっか<br>**24日** |
| にじゅうごにち<br>**25日** | にじゅうろくにち<br>**26日** | にじゅうしちにち<br>**27日** | にじゅうはちにち<br>**28日** | にじゅうくにち<br>**29日** | さんじゅうにち<br>**30日** |
| さんじゅういちにち<br>**31日** | | | | | |

# Trip2 入境、出境 入国・出国する
にゅうこく しゅっこく

到達日本了！
日本に 着いた！
に ほん つ

噗通噗通
ドキドキ

噗通噗通
ワクワク

# 01機場 空港 <ruby>空<rt>くう</rt></ruby><ruby>港<rt>こう</rt></ruby>

## 機場通道

| 國際線 | 國內線 | 機票 | 機票 |
|---|---|---|---|
| こくさいせん | こくないせん | こうくうけん | |
| 国際線 | 国内線 | 航空券 | チケット |

| 搭乘 | 出發 |
|---|---|
| とうじょう | しゅっぱつ |
| 搭乗 | 出発 |

GATE 45

## 入境審查

| 到達日本 |
|---|
| にほんとうちゃく |
| 日本到着 |

→

| 入境手續 | 護照 | 簽證 |
|---|---|---|
| にゅうこくてつづ | | |
| 入国手続き | パスポート | ビザ |

→

| 按壓指紋 |
|---|
| しもんと |
| 指紋取り |

→

| 臉部照相 |
|---|
| かおじゃしんさつえい |
| 顔写真撮影 |

2007 年 11
月開始實施
食指指紋辨
識與臉部照
相。

→

| 入境審查 |
|---|
| にゅうこくしんさ |
| 入国審査 |

→

| 提領行李區 |
|---|
| にもつうけとりじょ |
| 荷物受取所 |

→

| 提交申報單 |
|---|
| しんこくしょていしゅつ |
| 申告書提出 |

→

| 報關手續 |
|---|
| ぜいかんてつづ |
| 税関手続き |

| 入境 | 出境 |
|---|---|
| にゅうこく | しゅっこく |
| 入国 | 出国 |

# 02 入境審查 入国審査
にゅう こく しん さ

下一位！
次！
つぎ

可以出示護照嗎？
**パスポートを 見せて
いただけますか？**
み

### 指紋辨識

兩手的
**両手の**
りょう て

\+

請把食指放在 ( 螢幕 ) 上面。
**人差し指を (スクリーンの上に) 置いてください。**
ひと さ ゆび　　　　　　　　 うえ に　 お

### 臉部照相

相機
**カメラ**

這裡
**ここ**

\+

請看。
**を見てください。**
み

可以了嗎？
**いいですか？**

↓

好，可以了。
**はい、いいですよ。**

32

## 訪問目的

你的訪問目的是什麼？
**訪問の 目的は 何ですか？**
（ほう もん） （もく てき）（なん）

→

| 觀光 | 旅行 | 旅行 |
|---|---|---|
| **観光**（かん こう） | **旅行**（りょ こう） | **ツアー** |

↓

| 商務 | 留學 | 打工度假 |
|---|---|---|
| **ビジネス** | **留学**（りゅう がく） | **ワーキングホリデー** |

+

+ 是 **です。**

| 拜訪親戚。 | 來見朋友。 |
|---|---|
| **親戚の 家を 訪問します。**（しん せき）（いえ）（ほう もん） | **友達に 会いに 来ました。**（とも だち）（あ）（き） |

## 停滯期間

你要停留幾天？
**どのくらい 滞在する 予定ですか？**
（たい ざい）（よ てい）

↓

| 兩天 | 三天 | 四天 | 五天 |
|---|---|---|---|
| **2日**（ふつか） | **3日**（みっか） | **4日**（よっか） | **5日**（いつか） |

+ 是 **です。**

| 一週 | 兩週 | 一個月 | 一年 |
|---|---|---|---|
| **1週間**（いっ しゅう かん） | **2週間**（に しゅう かん） | **1ヶ月**（いっ か げつ） | **1年**（いち ねん） |

+ 左右 **くらい** + 是 **です。**

33

**住宿**

住在哪裡？
お泊りは どちらですか？ → ~飯店
〜ホテル + 是
です。

+

| 朋友家 友達の家 | 民宿 民泊 | 親戚家 親戚の家 | 青年旅館 ユースホステル | 旅館 ゲストハウス |
|---|---|---|---|---|

**領行李**

要在哪裡領行李呢？
荷物は どこで 受け取りますか？ → 在那邊。
あちらです。

沒有我的行李。
私の 荷物が ありません。

搭乘哪一班來的呢？
どの 便で 来ましたか？

我是搭~來的。
私は〜便で 来ました。

這是我的。
<ruby>私<rt>わたし</rt></ruby>のです。

這個不是我的。
これは<ruby>私<rt>わたし</rt></ruby>のでは ありません。

推車在哪裡？
カートは どこですか？

カート

免費的嗎？
<ruby>無料<rt>む りょう</rt></ruby>ですか？

**申報物品**

有需要申報的物品嗎？
<ruby>申告<rt>しん こく</rt></ruby>するものは ありますか？

→

有。
あります。

沒有。
ありません。

請打開包包。
カバンを <ruby>開<rt>あ</rt></ruby>けてください。

有攜帶超過100萬日圓的現金嗎？
<ruby>１００万円<rt>ひゃく まん えん</rt></ruby> <ruby>越<rt>こ</rt></ruby>える <ruby>現金<rt>げん きん</rt></ruby>を お<ruby>持<rt>も</rt></ruby>ちですか？

有攜帶違禁品嗎？
<ruby>何<rt>なに</rt></ruby>か <ruby>禁止<rt>きん し</rt></ruby>されている <ruby>物品<rt>ぶっ ぴん</rt></ruby>を お<ruby>持<rt>も</rt></ruby>ちですか？

這些東西就是全部嗎？
お<ruby>荷物<rt>に もつ</rt></ruby>は これで <ruby>全部<rt>ぜん ぶ</rt></ruby>ですか？

→

是的，沒錯。
はい、そうです。

# 03 機場報到櫃台

## 托運行李時

這些就是全部的托運行李嗎？
**お預けになる 荷物は これで 全部ですか？**

那個是要帶上飛機的嗎？
**それは 機内 持ち込みですか？**

超過~公斤了。
**~キロオーバーです。**

超重費
**オーバーチャージ**

超重費
**追加料金**

＋

是 5000 日圓。
**は５０００円です。**

行李規定根據航空公司或座位的不同而有所差異，一般是 20 公斤，廉航是 15 公斤，特別是搭乘廉航時，由於可攜帶的行李重量，可能會產生超重費，因此最好事前確認。家族一起旅行時，行李不是分開計算，而是加總計算。

何時搭乘呢？
**いつ 搭乗 できますか？**

## 錯過班機時

錯過班機時間了。
**飛行機の 時間に 間に 合わなかったんです。**

下一班飛機是幾點？
**次の 便は 何時ですか？**

## 機票遺失時

機票遺失了。
**チケットを 無くして しまったんです。**

## 機場地點詢問

| | |
|---|---|
| 化妝室<br>**トイレ** | 登機門<br>**搭乗ゲート** |
| 免税店<br>**免税店** | 貴賓室<br>**ラウンジ** |
| 服務台<br>**案内所** | 轉乗櫃台<br>**乗り継ぎカウンター** |

**+**

在哪裡？
**は どこですか？**

## 地點輕鬆説

| | |
|---|---|
| 那裡<br>**あそこ** | 就是那裡<br>**すぐそこ** |
| 2樓<br>**2階** | ～的對面<br>**～の向かい** |

| | |
|---|---|
| 電梯<br>**エレベーターの** | |
| 一直走<br>**まっすぐ 行って** | |

**+**

| |
|---|
| 右邊<br>**右(側)** |
| 左邊<br>**左(側)** |

**+**

是
**です。**

## 換錢

| | |
|---|---|
| 我想要換錢……<br>**両替したいんですけど・・・** | 請換成日圓。<br>**円に 両替してください。** |
| 今天的匯率多少？<br>**今日の レートは？** | 請換一點零錢。<br>**小銭も 入れてください。** |

## 找尋物品

| 酒 お酒  | 香菸 タバコ | + | 哪裡有賣呢？ **はどこで売っていますか？** |
|---|---|---|---|

| 巧克力  チョコレート | 包包 カバン  | 皮夾 お財布 | 紀念品 お土産 |
|---|---|---|---|

| 名片夾 名刺入れ  | 鑰匙圈 キーホルダー  | 手機吊飾 ストラップ |
|---|---|---|

| 太陽眼鏡  サングラス | 皮帶 ベルト | 領帶 ネクタイ | 圍巾 スカーフ | 西裝 スーツ |
|---|---|---|---|---|

| 化妝品 化粧品 | 香水 香水  | 口紅 リップ | 指甲油 ネイル | 睫毛膏 マスカラ |
|---|---|---|---|---|

| 乳液 ローション | 化妝水 美容液 | 香奈兒  シャネル CHANEL | 雅詩蘭黛 エスティーローダー ESTEE LAUDER |
|---|---|---|---|

| 蘭蔻 ランコム LANCOME | LV ルイヴィトン LOUIS VUITTON | 巴寶莉 バーバリー BUREBERRY | 古馳  グッチ GUCCI |
|---|---|---|---|

準備
入境・出境
移動
歩行
過夜
飲食
玩樂
購物
解決
交流

| 護照<br>パスポート | 票<br>チケット | 美金<br>ドル | 日圓<br>円・¥ |
|---|---|---|---|

在免税店買東西需要護照和機票，日本人一人的購買限額是出境 3000 美元，入境 600 美元。

## 結帳

可以出示護照嗎？

**パスポートを 見せて いただけますか？**

在這裡。

**はい、これです。**

結帳方式是？

**お支払いは？**

請在這裡簽名。

**こちらに サイン お願いします。**

用信用卡。

**カードで。**

用現金。

**現金で。**

## 免税店限額

最多可以買幾瓶酒？

**お酒は 何本まで 買えますか？**

一人最多可以買 ~ 。

**一人当たり～までです。**

(請參考 p.24 量詞)

最多可以買幾條香菸？

**タバコは 何カートンまで 買えますか？**

準備

入境、出境

移動

步行

過夜

飲食

玩樂

購物

解決

交流

## 座位

不好意思 / 那個…
**すみません。**

| 座位 | 右邊 | 左邊 | 窗戶旁 | 走道旁 |
|---|---|---|---|---|
| 席（せき） | 右側（みぎがわ） | 左側（ひだりがわ） | 窓側（まどがわ） | 通路側（つうろがわ） |

需要越過隔壁座位時，可說すみません以請求諒解，這句也可用於呼叫空服員。

( 出示機票 ) 這個座位在哪裡？
**この席（せき）は どこですか。**

椅背不能放倒。
**背（せ）もたれが 倒（たお）れないんですけど。**

可以換到空位去嗎？
**空（あ）いてる席（せき）に 移動（いどう）してもいいですか？**

這個位置好像是我的……
**この席（せき）は 私（わたし）の席（せき）みたいなんですけど・・・**

## 溫度

有一點冷……
**ちょっと 寒（さむ）いんですけど・・・**

有一點熱……
**ちょっと 暑（あつ）いんですけど・・・**

有什麼可以蓋的嗎？
**何（なに）か かけるもの、ありますか？**

可以把溫度調高一點嗎？
**ちょっと 温度（おんど）、上（あ）げられますか？**

可以把溫度調低一點嗎？
**ちょっと 温度（おんど）、下（さ）げられますか？**

## 電影

我想看電影……
**映画が 見たいんですが・・・**

沒有畫面。
**画面が 映りません。**

耳機狀態不好。
**ヘッドホンの 調子が 悪いんです。**

## 要求入境申請單

可以給我入境申請單嗎？
**入国申告書
もらえますか？**

## 燈

我想關燈……
**ライトを 消したいん
ですが・・・**

我需要眼罩……
**目隠しが ほしいん
ですが・・・**

## 身體不舒服時

有暈機藥嗎？
**酔い止めの 薬は ありますか？**

我覺得有點不舒服。
**少し 気分が 悪いんです。**

頭有點暈……
**ちょっと 目眩が するん
ですが・・・**

我頭痛，有藥嗎？
**頭が 痛いんですけど、薬 ありませんか？**

Trip3 **移動** 移動する

## 交通工具

| | | | |
|---|---|---|---|
| 車子<br>くるま<br>**車** | 計程車<br>**タクシー**  | 公車<br>**バス** | 警車<br>**パトカー**  |
| 消防車<br>しょうぼうしゃ<br>**消防車**  | 救護車<br>きゅうきゅうしゃ<br>**救急車**  | 地鐵<br>ちかてつ<br>**地下鉄** | 電車<br>でんしゃ<br>**電車** |
| 火車<br>きしゃ<br>**汽車**  | 列車<br>れっしゃ<br>**列車** | 脚踏車<br>じてんしゃ<br>**自転車** | 摩托車<br>**オートバイ**  |

## 交通設施

| | | |
|---|---|---|
| 車站<br>えき<br>**駅**  | 公車站<br>てい<br>**バス亭**  | 人力車<br>じんりきしゃ<br>**人力車**  |
| 陸橋<br>りっきょう<br>**陸橋**  | 紅綠燈<br>しんごう<br>**信号**  | 十字路口<br>こうさてん<br>**交差点** |
| 橋<br>はし<br>**橋**  | 斑馬線<br>おうだんほどう<br>**横断歩道**  |  |
| 人行道<br>ほどう<br>**歩道**   | 車道<br>しゃどう<br>**車道** | 交通號誌牌<br>ひょうしき<br>**標識** |

## 02 購票 切符購入 <sub>きっぷこうにゅう</sub>

**機場 - 飯店**

| 新宿 新宿 <sub>しんじゅく</sub> | 上野 上野 <sub>うえの</sub> |
|---|---|

| 梅田 梅田 <sub>うめだ</sub> | 道頓堀 道頓堀 <sub>どうとんぼり</sub> |
|---|---|

**+**

想去……
まで 行きたいん <sub>い</sub>
ですが・・・

要搭幾號線呢？
何線に 乗れば いいですか？ <sub>なに せん の</sub>

| 地鐵 地下鉄 <sub>ちかてつ</sub> | 電車 電車 <sub>でんしゃ</sub> |
|---|---|

**+** 的 の **+** 車站 駅 <sub>えき</sub>

↓

**搭乘地點**

| 公車 バス | 計程車 タクシー |
|---|---|
| Skyliner スカイライナー | |
| 利木津巴士 リムジンバス | |
| 單軌電車 モノレール | |

**+**

搭乘處 乗り場 <sub>の ば</sub>

**+**

在哪裡？
は どこですか？

**+**

| 賣票所 切符売り場 <sub>きっぷうば</sub> |
|---|
| 剪票口 改札口 <sub>かいさつぐち</sub> |

準備 入境、出境 移動 步行 過夜 飲食 玩樂 購物 解決 交流

44

## 購票

| 到～<br>**～まで** | + | 成人<br>おとな<br>**大人** | 兒童<br>こども<br>**子供** |
|---|---|---|---|

+

| 1 張<br>いち まい<br>**1枚** | 3 張<br>に まい<br>**2枚** | 3 張<br>さん まい<br>**3枚** |
|---|---|---|

+

| 請給我<br>**ください。** |
|---|

買票時先投錢再按按鈕。

---

我是外國人……<br>がい こく じん<br>**外国人ですが、**

可以幫我一個忙嗎？<br>ねが<br>**ちょっと お願いしても<br>いいですか？**

我想去～<br>い<br>**～に 行きたいんです。**

---

| 哪裡？<br>**どこ？** | 幾位？<br>なん にん<br>**何人?** |
|---|---|

| | 幾張？<br>なん まい<br>**何枚?** |
|---|---|

不好意思，可以退票嗎？<br>はら もど<br>**すみません、払い戻しはできますか？**

## 自動售票機

| 票價<br>りょう きん<br>**料金** | 票價按鈕<br>りょう きん<br>**料金ボタン** | 硬幣<br>こう か<br>**硬貨** | 紙幣<br>し へい<br>**紙幣** | 零錢<br>**おつり** |
|---|---|---|---|---|
| 售票機<br>けん ばい き<br>**券売機** | 車票<br>きっ ぷ<br>**切符** | 呼叫鈕<br>よ だ<br>**呼び出しボタン** | | 取消鈕<br>と け<br>**取り消しボタン** |

## 東京地鐵路線圖

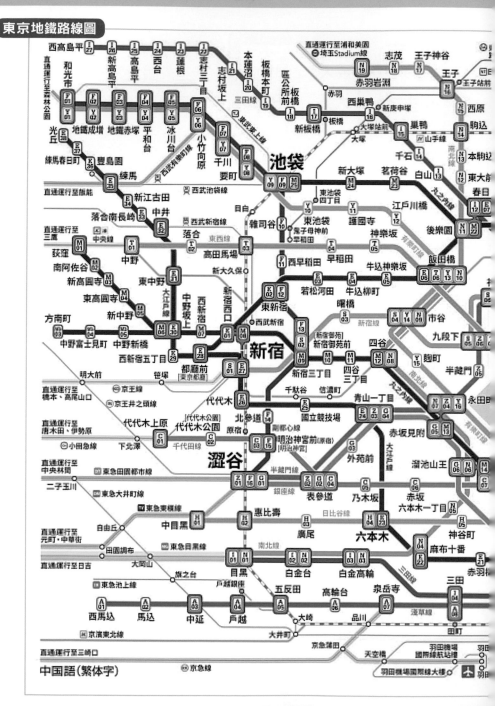

中国語（繁体字）

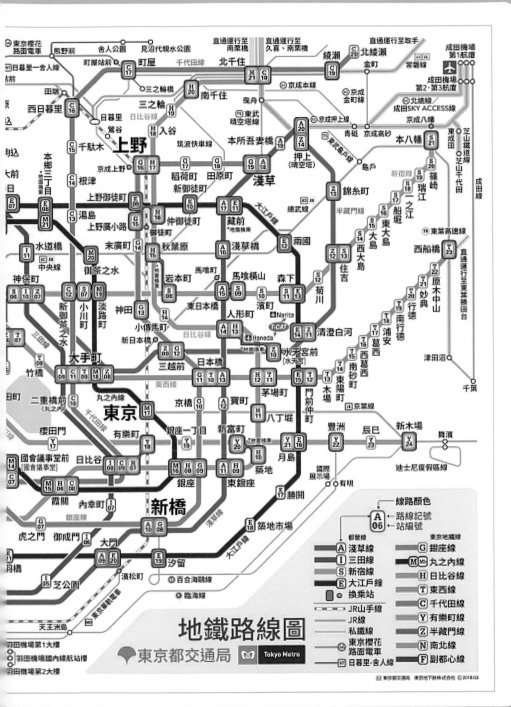

地鐵路線圖

東京都交通局　Tokyo Metro

線路顏色
A06 路線記號
站編號

都營線
淺草線
三田線
新宿線
大江戶線
換乘站
JR山手線
JR線
私鐵線
東京櫻花路面電車
日暮里・舍人線

東京地鐵
銀座線
丸之內線
日比谷線
東西線
千代田線
有樂町線
半藏門線
南北線
副都心線

移動

03
地鐵、電車

# 大阪地鐵路線圖

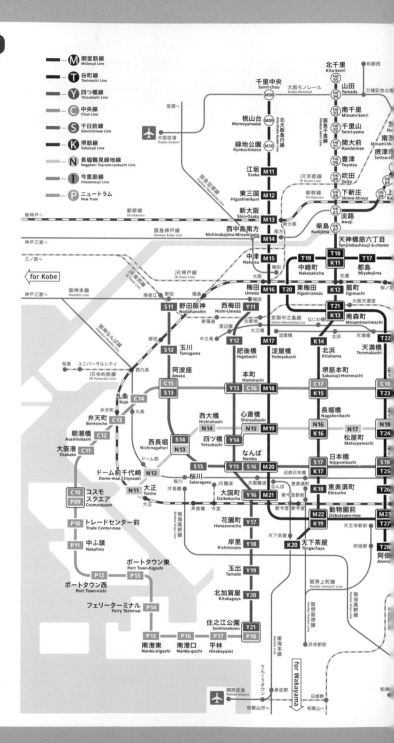

準備

入境、出境

**移動**

步行

過夜

飲食

玩樂

購物

解決

交流

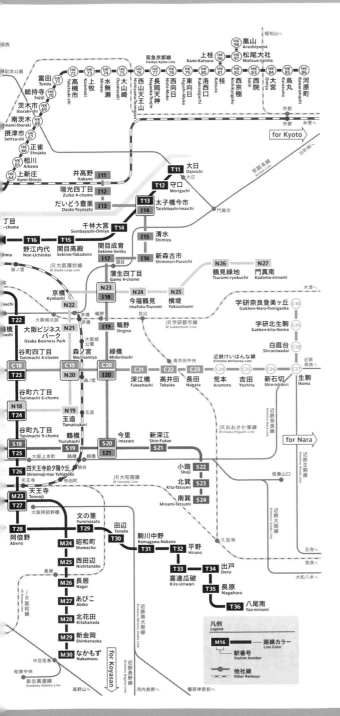

49

**車廂內**

~ 還沒到嗎？
**～は まだですか？**

→

下一站。
**次です。**

這一站。
**ここです。**

這裡是哪一站？
**ここは 何駅ですか？**

這裡是第二站。
**二つ目の 駅です。**

下一站是哪裡？
**次は 何駅ですか？**

已經過站了。
**もう 過ぎました。**

**坐過站時**

我坐過站了。
**乗り過ごして しまいました。**

我坐錯車了。
**乗り間違えました。**

要坐反方向的車要往哪裡走？
**反対の 方向に 乗り換えるには、どこに 行けば いいですか？**

您在哪裡上車的？
**どこで 乗りましたか？**

在 ~ 站。
**～駅です。**

# 04計程車 タクシー

**搭乘計程車**

您要去哪裡？
**どちらまで 行かれますか？**

要把行李放到後車廂嗎？
**お荷物はトランクに 入れましょうか？**

| 自動門 日本計程車是自動門，乘客不需開關車門。 | 計程錶 | 後車廂 | 塞車 | 繞路 |
|---|---|---|---|---|
| 自動ドア | メーター | トランク | 渋滞 | 迂回 |

**目的地**

| 停車時 ～まで | + | 到～ お願いします。 |
|---|---|---|

**停車時**

請在這裡停車。
**ここで 止めて ください。**

| 很急 急いで |
|---|

| 飯店 ホテル | | 的前面 の前で | + | 請停車 止めて ください。 |
|---|---|---|---|---|
| 紅綠燈 信号 | | 前面 の手前で | | |
| 斑馬線 横断歩道 | | 過了之後 を過ぎたところで | | |

多少錢？
**いくら ですか？**

( 請參考 p.22)

53

**搭乘公車**

我想去 ~
## ～に行きたいんですが・・・

公車站在哪裡？
## バス乗り場はどこですか？

去 ~ 嗎？
## ～には行きますか？

**看懂公車時刻表**

途經
## 経由地

經過區域
## 経過地 方面

| 経過地方面 | | | | | | | | | | | |
|---|---|---|---|---|---|---|---|---|---|---|---|
| 経由地 | | | | | | | | | | | |
| 行先 | | | | | | | | | | | |
| 曜日 | | | 平日 | | | | | | 土日祝日 | | |
| 5 | 28 | | | | | | | | | | |
| 6 | 00 | 20 | 30 | 43 | 49 | 53 | 58 | 00 | 30 | 43 | 58 |
| 7 | 09 | 19 | 29 | 39 | 44 | 49 | | 19 | 29 | 39 | 49 |
| 8 | 01 | 09 | 19 | 29 | 39 | 49 | 59 | 01 | 09 | 19 | 29 | 39 | 49 | 59 |

目的地
## 行先

星期
## 曜日

平日
## 平日

六、日、公休日
## 土日 祝日

## 有車資表的公車搭乘方法

雖然日本的公車每個地區有些差異，但大致上有從前門和後門上車兩種方式，從後門上車時，要抽取一張寫有號碼的整理券 ( せいりけん )，快到站時，再按照公車前方螢幕所顯示的車資表，找尋整理券號碼對應的車資，將錢投入運賃箱 ( うんちんばこ ) 下車。

①公車前門與後門會顯示 ~ 行き ( 往 ~ )，確認是否與自己的目的地相符。

往~
~行き

② 從後門上車。

③若持有 NicePass，就像使用交通卡一樣感應即可；若是持有現金或 ET カード (ET 卡 ) 就必須抽取整理券 ( せいりけん )。

整理券

( 車上廣播 ) 請抽取整理券！
整理券を お取り ください。

整理券
整理券

④螢幕會顯示下車站名，此時對照公車前方的車資表與所持的整理券號碼，確認車資投錢即可。

下一站是 ~
次は～

NicePass
ナイスパス

| | | |
|---|---|---|
|   司機先生！<br>**運転手さん！** | Pasmo 卡<br>**Pasmo** | 西瓜卡<br>**Suica** |

| | | | | |
|---|---|---|---|---|
| 先付<br>**前払い** | 後付<br>**後払い** | 吊環<br>**つり革** |  | 按按鈕<br>**ボタンを押す** |

| | | | | |
|---|---|---|---|---|
| 兌換零錢<br>**小銭両替** | 整理券<br>**整理券** | 驗票機<br>**カードリーダー** | 車資箱<br>**運賃箱** | 兌幣機<br>**両替機** |

**下車時**

我想去～，要在哪裡下車好呢？
**～に行きたいんですが、どこで降りたらいいですか？**

我要在這裡下車。
**ここで降ります。**

請停車。
**止めてください。**

請讓我下車。
**降ろしてください。**

**車資**

一律是～日圓。
**一律～円です。**

請確認車資表。
**料金表で確認してください。**

準備
入境、出境
移動
步行
過夜
飲食
玩樂
購物
解決
交流

# 06列車 列車

## 列車種類

| JR線 JR線 | 私鐵 私鉄 |
|---|---|

↓

| 新幹線 新幹線 | 在來線（鐵道路線） 在来線 |
|---|---|

↓　　　　　↓

| 希望號 のぞみ |
|---|
| 光號 ひかり |
| 回聲號 こだま |

| 特急 特急 | 急行 急行 |
|---|---|
| 普通 普通 | |

のぞみ、ひかり、こだま是運行於東京與博多之間的新幹線暱稱，在其他地區暱稱也會不同。

雖然每家公司的名稱會有差異，但普通（ふつう：普通）＝各駅停車（かくえきていしゃ：各站停車）是每站皆停的最慢速列車，此外還有標示急（きゅう）與快（かい）的列車，是停靠站比較少的快速列車。

搭乘快速新幹線（しんかんせん）時，需要有乘車券（じょうしゃけん）與特急券（とっきゅうけん），首先使用乘車券進站，之後轉乘新幹線時再出示特急券。

## 車票

| 乘車券 乗車券 | 特急券 特急券 | 單程 片道 |
|---|---|---|
| 來回 往復 | ～號車廂 ～号車 | 座位號碼 座席番号 |
| 特別座 グリーン席 | 對號座 指定席 | 自由座 自由席 |

| 幾號乘車處 何番 乗り場 | |
|---|---|
| 幾號月台 何番ホーム | ＋ 這是？ ですか？ |

## 買票時

| 最快的列車是幾點？ いちばん早い列車は何時ですか？ | 需要多久？ どのぐらいかかりますか？ |
|---|---|

## 驗票

即將驗票！
**乗車券を 確認いたします！**

請出示車票！
**乗車券を 拝見いたします！**

車掌先生！
**車掌さん！**

## 到達時間

~ 分後到達。
**後~分で 着きます。**

需要 ~ 分。
**~分 かかります。**

預計 ~ 點 ~ 分到達。
**~時~分、到着予定です。**

## 坐錯對號座時

這裡是對號座，請移動至自由座。
**ここは 指定席です。自由席に 移動して ください。**

若付指定席特急料金便有座位。
**指定席の 特急料金を 払えば 座れます。**

## 未持有乘車券時

我要乘車券與特級券 2 張……
**特急券と 乗車券 2枚 必要なんですが・・・**

沒有特急券嗎？
**特急券は お持ちじゃ ありませんか？**

| | |
|---|---|
| 遺失了。<br>**無くしました。**  | 該怎麼辦呢？<br>**どうしたらいいですか？** |
| 那是什麼？<br>**それは 何ですか？**  | 啊，我不知道。<br>**あ、知りませんでした。** |

**車廂與車廂間通道**

車廂與車廂間
通道
**デッキ**

使用手機時請到車廂與車廂間通道。
**携帯電話を ご利用(おかけ)の 際は
デッキで お願いいたします。**

**車上販賣**

這裡！
**すみません!**

＋

| 這個 | 便當 | 咖啡 |
|---|---|---|
| **これ** | **お弁当** | **コーヒー** |

＋

請給我。
**ください。**

| | 有哪些便當呢？ |
|---|---|
| 車站便當<br>**駅弁**  | **どんな お弁当が ありますか？** |

59

準備

入境、出境

移動

歩行

過夜

飲食

玩樂

購物

解決

交流

## 指示

| 這個 この〜 | 那個 その〜 | 那個 あの〜 | 哪個 どの〜 |
|---|---|---|---|

## 地點指示

| 這裡 ここ | 那裡 そこ | 那個 あそこ | 哪裡 どこ |
|---|---|---|---|

## 方向指示

| 這邊 こっち | 那邊 そっち | 那邊 あっち | 哪邊 どっち |
|---|---|---|---|
| こちら | そちら | あちら | どちら |

北 (きた) 北

西 (にし) 西　　方位　　東 (ひがし) 東

南 (みなみ) 南

中央

## 出入口

| 入口 いりぐち 入口 | 出口 でぐち 出口 |
|---|---|

| 北面出口 きたぐち 北口 | 中央出口 ちゅうおうぐち 中央口 | 西面出口 にしぐち 西口 | 南面出口 みなみぐち 南口 | 東面出口 ひがしぐち 東口 |
|---|---|---|---|---|

準備

入境、出境

移動

步行

過夜

飲食

玩樂

購物

解決

交流

## 問路

| 不好意思。 | 可以問一下嗎？ |
|---|---|
| すみません。 | ちょっと聞いていいですか？ |

我想去～

**～に行きたいんですが・・・**

| 派出所 **交番** | 便利商店 **コンビニ** |  | 車站 **駅** |
|---|---|---|---|

| 最近的車站 **最寄の駅** | 醫院 **病院** |  |
|---|---|---|

+

| 在哪裡？ |
|---|
| **はどこですか？** |
| 要如何去呢？ |
| **にはどうやって行きますか？** |

| 藥妝店 **ドラッグストア** | 超市 **スーパー** |  SUPER MARKET | 藥局 **薬屋・薬局** |
|---|---|---|---|

| 咖啡店 **喫茶店** 大部分都是個人經營，提供簡單餐飲。 | 咖啡店 **カフェ**  如星巴克等連鎖店 | 餐廳 **食堂** |
|---|---|---|

| 餐廳 **レストラン** | 網咖 **ネットカフェ** | 郵局 **郵便局** | 銀行 **銀行** | 百貨公司 **デパート** |
|---|---|---|---|---|

## 說明路線 ①

| ～的前面<br>～の前<sup>まえ</sup>  | ～的後面<br>～の後<sup>うし</sup>ろ  | ～的左邊<br>～の左<sup>ひだり</sup>  | ～的右邊<br>～の右<sup>みぎ</sup>  | ～的旁邊<br>～の隣<sup>となり</sup>  |
|---|---|---|---|---|

| ～與～的中間<br>～と～の間<sup>あいだ</sup>  | ～的對面（側面）<br>～の向<sup>む</sup>かい(側<sup>がわ</sup>) | ～的裡面<br>～の裏<sup>うら</sup> |
|---|---|---|
| | ~的斜對面<br>～の斜<sup>なな</sup>め向<sup>む</sup>かい | ~的這邊<br>～の手前<sup>て まえ</sup> |
| 在～的那邊<br>～の向<sup>む</sup>こう<br><br>（用於指示看不到的遠方）這條路的盡頭 | 在這條路的盡頭<br>この道<sup>みち</sup>の突<sup>あ</sup>き当<sup>あ</sup>たり | |

派出所在那個便利商店的旁邊。
**交番<sup>こう ばん</sup>は あのコンビニの隣<sup>となり</sup>に あります。**

+

是
**です。**

在
**に あります。**

沿著河走。
川に 沿って 行く

過斑馬線。
横断歩道を 渡る

過馬路。
道を 渡る

走到大馬路上。
大通りに 出る

走上坡。
坂を 上る

走下坡。
坂を 下る

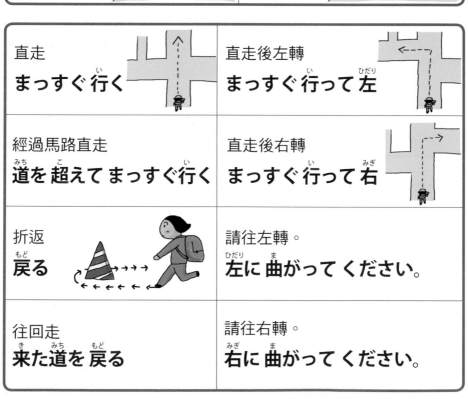

直走
まっすぐ 行く

直走後左轉
まっすぐ 行って 左

經過馬路直走
道を 超えて まっすぐ行く

直走後右轉
まっすぐ 行って 右

折返
戻る

請往左轉。
左に 曲がって ください。

往回走
来た道を 戻る

請往右轉。
右に 曲がって ください。

準備
入境、出境
移動
歩行
過夜
飲食
玩樂
購物
解決
交流

| 周邊<br>あた<br>辺り | 這附近有~嗎？<br>この 辺り(辺)に～は ありますか？ |
|---|---|

| 這個<br>この | | 路<br>みち<br>道 | | 經過的話<br>を 過ぎて 行くと |
|---|---|---|---|---|
| 那個<br>その | + | 轉角<br>かど<br>角 | + | 轉彎的話<br>を 曲がって 行くと |
| 那個<br>あの | | 十字路口<br>こうさてん<br>交差点 | 紅綠燈<br>しんごう<br>信号 | + |
| 哪個<br>どの | | 第一個十字路口<br>ひと め こうさてん<br>一つ目の 交差点 | | 就有了。<br>あります。 |
| | | 第二個十字路口<br>ふた め こうさてん<br>二つ目の 交差点 | | 就看得到了。<br>み<br>見えます。 |
| | | | | 就有大馬路了。<br>おお みち で<br>大きな 道に 出ます。 |

| 建築物<br>たて もの<br>建物 | 看到那邊的百貨公司了嗎？就是在那旁邊的建築物。<br>あそこに デパートが 見えるでしょう？ その 隣の 建物です。 |
|---|---|

**所需時間**

從這裡
ここから

+

走路可以到嗎？
歩いて 行けますか？

→

是的，可以走得到。
ええ、行けます。

+

| 走路<br>歩いて | 搭新幹線<br>新幹線で  |
|---|---|
| 搭地鐵<br>地下鉄で | 搭公車<br>バスで  |

就是那裡。
すぐ そこです。

| 很遠。<br>遠いです。 | 很近。<br>近いです。 |
|---|---|

+

大概需要多久時間？
どのぐらい かかりますか？

↓

大概需要5分鐘
5分くらいです。

走路無法到達。
歩いては 行けません。

那樣很勉強。
それは むりです。

最好搭計程車去。
タクシーで 行った ほうが いいです。

啊～這樣啊，我知道了。
あ～、そうですか。
わかりました。

謝謝。
ありがとうございます。

準備
入境、出境
移動
**步行**
過夜
飲食
玩樂
購物
解決
交流

## 迷路時

我迷路了。

**道<sub>みち</sub>に 迷<sub>まよ</sub>いました。**

我和同伴走丟了。

**連<sub>つ</sub>れとはぐれてしまいました。**

可以請您幫我聯絡這裡嗎？

**ここに 電話<sub>でんわ</sub>してもらえますか？**

## 被問路的人也不知道時

抱歉，我不知道。

**すみません、よく 分<sub>わ</sub>かりません。**

抱歉，我不是這裡的人……

**すみません、私<sub>わたし</sub>、ここの 人<sub>ひと</sub>じゃないので・・・**

請向派出所詢問。

**交番<sub>こうばん</sub>で 聞<sub>き</sub>いてください。**

## 提議一起走時

我也是要往那個方向

**私<sub>わたし</sub>も そっちに 行<sub>い</sub>くので**

＋

路上一起走吧。

**途中<sub>とちゅう</sub>まで 一緒<sub>いっしょ</sub>に 行<sub>い</sub>きましょう。**

請跟我來。

**私<sub>わたし</sub>について 来<sub>き</sub>てください。**

## 地圖

| 地圖 | map |
|---|---|
| 地図<sub>ちず</sub> | マップ |

可以請您畫地圖嗎？

**地図<sub>ちず</sub>を 描<sub>か</sub>いてもらえますか？**

# Trip5 過夜 <ruby>寝<rt>ね</rt></ruby>る

日式旅館
りょ かん
**旅館**

這是指日本的傳統旅館，晚餐可享用日式懷石料理。

飯店
**ホテル**

商務旅館
**ビジネスホテル**

民宿
みん しゅく
**民宿**

比起日式旅館，民宿價格較為低廉，餐點也不錯，可看成是平價日式旅館。

青年旅館
**ユースホステル**

宿舍
やど しゅくしょ
**宿・宿所**

宿的意思是住宿地點，一般多指小規模的旅館。宿所是指住宿過夜的場所。

旅館
**ゲストハウス**

膠囊旅館
**カプセルホテル**

家庭式旅館
みん ぱく
**民泊**

原本是指出借家中的空房間，最近多指出借空房子的旅館。

準備

入境、出境

移動

歩行

過夜

飲食

玩樂

購物

解決

交流

**Check in 時**

| Check in<br>チェックイン | Check out<br>チェックアウト | 單人房<br>シングルルーム |
|---|---|---|

| 兩小床<br>ツインルーム |  | 三人房<br>トリプルルーム |
|---|---|---|

| 房間號碼<br>へやばんごう<br>部屋番号  | 鑰匙<br>かぎ<br>鍵  | 預約<br>よやく<br>予約 |
|---|---|---|

| 包含餐點<br>しょくじつ<br>食事付き | 早餐<br>ちょうしょく<br>朝食  | 晩餐<br>ゆうしょく<br>夕食 | 層<br>かい<br>〜階 |
|---|---|---|---|

**已預約時**

我想 Check in……<br>チェックインしたいんですが・・・

→

您有預約嗎？<br>よやく<br>予約は されていますか？

→

有的。<br>はい。

↓

我用 ~ 預約的。<br>よやく<br>〜で 予約しました。

我確認一下。～先生(女士)，雙人房，
一晚對吧！

確認いたします。～様、ダブル
ルーム、ご一泊ですね。

→ 您想要如何結帳？

お支払いは どうなさいますか？

→ 用信用卡。

カードで。

→ 是～號房。

～号室に なります。

→ 這裡

こちらが

+ 房間鑰匙

ルームキー

卡片鑰匙

カードキー

房卡

部屋のカード

+ 是。

です。

→ 退房是幾點呢？

チェックアウトは 何時ですか？

**沒有預約時**

我想要住宿，有房間嗎？

**泊まりたいんですが、お部屋ありますか？**

→ 幾位呢？

**何名様ですか？**

→

是～位。

**～です。**

(參考 p.24)

→ 那麼請在這裡填寫姓名與住址。

**では、こちらに お名前と ご住所を お書きください。**

→ 您想要哪種房間？

**どのような お部屋が よろしいですか？**

**客滿**

很抱歉。

**申し訳ございません。**

今天都客滿了。

**本日は 満室でございます。**

ROOM

| 單人房 シングルルーム | + | 拜託了。 で お願いします。 |
| --- | --- | --- |
| 兩小床 ツインルーム | | |
| 三人房 トリプルルーム | | |

↓

| 要住幾晚呢？ 何泊ですか？ | → |
| --- | --- |

| 1晚 一泊 | 2晚 二泊 |
| --- | --- |
| 3晚 三泊 | 4晚 四泊 |

+

是 です。

要兩小床？一大床？
ツインに しますか？ ダブルに しますか？

要一大床。
ダブルで。

要兩小床。
ツインで。

**選擇榻榻米或標準房**

和式房（榻榻米）可以嗎？
標準房（有床鋪）可以嗎？
和室が よろしいですか？
洋室が よろしいですか？

→

和式房（榻榻米）
可以。
和室が いいです。

標準房（有床鋪）
可以。
洋室が いいです。

要用早餐嗎？
朝食はお付けしますか？

吃早餐的地方在哪裡？
朝食を食べるところはどこですか？

沒關係。
食事はいいです。

餐廳在這邊。
食堂はこちらになります。

麻煩了。
お願いします。

餐廳在大廳旁邊。
食堂はロビーの横にございます。

請只準備晚餐。
夕食だけお願いします。

餐廳在2樓。
食堂は2階にございます。

用餐是幾點到幾點？
食事は何時から何時までですか？

早餐是自助餐形式。
朝食はバイキングになっております。

不用餐，只住宿。
素泊まり

我有過敏，不能吃～。
アレルギーがあるので～は食べられません。

準備
入境、出境
移動
步行
過夜
飲食
玩樂
購物
解決
交流

## 市區接駁巴士

有接駁巴士嗎？
そうげい
送迎バス ありますか？

日本的溫泉多半距離車站很遠，因此飯店或日式旅館通常備有接駁巴士。

需要預約嗎？
よやく　ひつよう
予約が 必要ですか？

接駁巴士
そうげい
送迎バス

包含接駁巴士
そうげい　　　つ
送迎バス付き

請告訴我接駁巴士的時間。
そうげい　　　じかん　　　おし
送迎バスの 時間を 教えて
ください。

接駁巴士停在哪裡？
そうげい　　　　と　　　ばしょ
送迎バスの 止まる 場所は
どこですか？

## 飯店周邊

這附近
ちか
この 近くに

開得比較早的
あさ はや
朝早くからやってる

開得比較晚的
よる おそ
夜遅くまでやってる

餐廳
しょくどう
食堂

超市
スーパー

＋

有嗎？
はありますか？

推薦的
すす
お勧めの

＋

觀光景點
かん こう ち
観光地

與女服務員的對話

您很累吧？
お疲れさまでした。
つか

您從哪裡來的？
どちらから いらっしゃったんですか？

↓

我從台灣來的。
台湾から 来ました。
たい わん き

→

來（這裡）之前參觀過哪些地方呢？
どちらを 見て 来られたんですか？
み こ

↓

參觀了很多地方，很累。
いろいろ 見て 回って 疲れました。
み まわ つか

人很多，所以很累。
人が 多くて 大変でした。
ひと おお たい へん

↓

入浴後去附近散步不錯。
お風呂の 後、近所を 散歩されると いいですよ。
ふ ろ あと きんじょ さん ぽ

茶

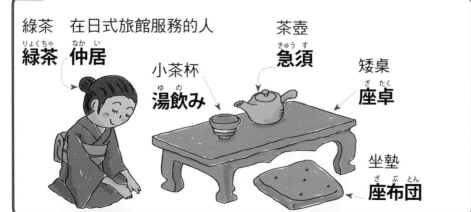

綠茶　在日式旅館服務的人
緑茶　仲居
りょくちゃ　なか い

小茶杯
湯飲み
ゆ の

茶壺
急須
きゅう す

矮桌
座卓
ざ たく

坐墊
座布団
ざ ぶ とん

準備
入境、出境
移動
步行
過夜
飲食
玩樂
購物
解決
交流

好好喝的茶和點心！
おいしい お茶と お菓子ですね。

## 用餐

要先用餐嗎？( 還是 ) 先入浴呢？
お食事を 先に されますか？お風呂を 先に されますか？

↓

我要先用餐。
食事を 先にします。

我要先入浴。
お風呂を 先に します。

## 棉被

如何為您準備棉被呢？
お布団は どうしましょうか？

棉被
布団

請在 9 點左右準備棉被。
布団は 9時ごろ お願いします。

枕頭
枕

請現在鋪床。
もう 敷いて ください。

請在用餐後準備。
食事の 後、お願いします。

## 溫泉

大澡堂在哪裡？

**大浴場は どこですか？**

| | | |
|---|---|---|
| 温泉<br>**お風呂**  | 女湯<br>**女湯**  | 男湯<br>**男湯**  |

## 浴衣

| | | | |
|---|---|---|---|
| 浴衣<br>**浴衣**  | 外衣<br>**丹前** 天冷時穿在浴衣外面的衣服。 | 腰帶<br>**帶**  | 木屐<br>**下駄**  |

## 浴衣穿法

### 女性

 → 把左邊衣角拉至右側覆蓋。 → 把腰帶纏在浴衣上面。 腰帶可自由地打結，沒有特別限制。

### 男性

 → → 要把左邊衣角拉至右側覆蓋的原因是用右手方便，必須注意若是反方向穿著，就會變成壽衣的穿法了。

溫泉是從幾點到幾點？
**お風呂は 何時から 何時までですか？**

全家人想一起進去……
**家族で 入りたいんですが・・・**

有個人的露天溫泉嗎？
**露天風呂は 別々ですか？**

＋

| 露天溫泉 | 家族湯屋 |
|---|---|
| **露天風呂** | **家族風呂** |

是，有個人的。
**はい、別々です。**

＋

有嗎？
**ありますか？**

沒有，是混浴。
**いいえ、混浴です。**

在日本，只要紋身就會被認為是黑道，因此身體若有紋身可能會被禁止出入溫泉。

紋身也可以進去嗎？
**イレズミ(タトゥー)の 入ってる 場合は 入れますか？**

孩子在幾歲之前可以進入異性的湯池？
**子どもは 何歳まで 異性のお風呂に 入れますか？**

## 入浴方法

請告訴我入浴的方法。

**温泉の 入り方を 教えてください。**

進入更衣室後若架子上只有籃子，只要把脫下來的衣服放在籃子後入浴即可，有時也會為不住宿只泡湯的客人準備置物櫃。

## 更衣室

| 洗衣籃 |  |
|---|---|
| **脱衣かご** | |
| 置物櫃 |  |
| **ロッカー** | |

## 温泉用品

| 浴巾 | 肥皂 | 沐浴乳 |
|---|---|---|
| **タオル** | **石けん** | **ボディーソープ** |
| 洗髮精 | 潤髮乳 | 刮鬍刀 |
| **シャンプー** | **リンス** | **カミソリ** |

＋

要另外付費嗎？

**は 別料金ですか？**

已準備了嗎？

**は 備え付けられ ていますか？**

## 温泉效果

這個溫泉有何效果？

**この 温泉は 何に 効きますか？**

| 肩膀痠痛 | 神経痛 | 血液循環 |
|---|---|---|
| **肩こり**  | **神経痛** | **血液循環** |
| 美白 | 便祕 | 異位性皮膚炎 |
| **美肌** | **便秘** | **アトピー性皮膚炎** |

＋

對～很好。

**に いいですよ。**

## 溫泉湯

| 水龍頭<br>じゃ ぐち<br>蛇口  | 椅子<br>い す<br>椅子 | 我可以用這個水瓢嗎？ |
|---|---|---|
| 蓮蓬頭<br>シャワー | 水瓢<br>せん めん き<br>洗面器 | 浴池<br>ゆ ぶね<br>湯舟 |

この 洗面器、
<sub>せん めん き つか</sub>
使っても
いいですか？

## 懷石料理

這是日本的傳統料理，可在日式旅館享受得到，特點是由當季食材製作的各種料理與味道。

主料理
りょう り
メイン料理

茶碗蒸
ちゃ わん む
茶碗蒸し

清湯
す もの
お吸い物

味增湯
み そ しる
お味噌汁

豆腐
とう ふ
豆腐

醬菜
つけ もの
漬物

天婦羅
てん
天ぷら

飯
はん
ご飯

筷子
はし
箸

前菜
ぜん さい
前菜

生魚片
さし み
刺身

味增湯是お味噌汁，
清湯是お吸い物。

準備

入境、出境

移動

歩行

過夜

飲食

玩樂

購物

解決

交流

**追加費用**

我想要退房…
**チェックアウト したいんですが・・・**

有追加費用嗎？
**追加料金は ありますか？**

迷你酒吧
**ミニバー**

客房服務
**ルームサービス**

這筆是什麼費用？
**これは 何の 料金ですか？**

我沒有看付費頻道。
**有料チャンネルは 見ていません。**

我只有拿出來看看而已。
**出してみた だけです。**

沒有喝。
**飲みませんでした。**

↓

使用過了。
**使いました。**

沒有用過。
**使っていません。**

有這附近的觀光地圖嗎？
**この辺りの 観光地図は ありますか？**

可以幫忙叫計程車嗎？
**タクシーを 呼んでもらえますか？**

**延長住宿**

我想再住一晩…

もう 一日 泊まりたいんですが・・・

**時間變更**

Check in 時間可以提早嗎？

チェックインの 時間を 少し 早められますか？

退房時間可以晚一點嗎？

チェックアウトの 時間を 遅くする ことが できますか？

**寄放行李時**

Check in 之前

チェックインの 前に

Check out 之後

チェックアウトの 後

＋

短暫時間

少しの 間

~ 小時左右

~時間ぐらい

到 ~ 為止

~時まで

←

可以寄放行李嗎？

荷物を 預けられますか？

我來拿行李了。

荷物を 取りに 来ました。

準備
入境、出境
移動
歩行
過夜
飲食
玩樂
購物
解決
交流

## 沒有備品時

| 洗髮精 | 潤髮乳 | 肥皂 | 刮鬍刀 | 牙刷 | 牙膏 |
|--------|--------|------|--------|------|------|
| シャンプー | リンス | 石けん | カミソリ | 歯ブラシ | 歯磨き粉 |

| 毛巾 | 衛生紙 | |
|------|--------|--|
| タオル | トイレットペーパー | + |

沒有了…
がないんですが・・・

## 故障

| 電視 | 冷氣 | 冰箱 |
|------|------|------|
| テレビ | エアコン | 冷蔵庫 |

的狀況不太好…
の調子が 悪いん
ですが・・・

+

| 蓮蓬頭 | 鑰匙 | 吹風機 |
|--------|------|--------|
| シャワー | 鍵 | ドライヤー |

## 廁所

| 沒有水。 | 廁所的水流不下去。 |
|----------|-------------------|
| 水が 出ません。 | トイレの 水が 流れません。 |
| 沒有熱水。 | 廁所堵住了。 |
| お湯が 出ません。 | トイレが 詰まりました。 |

沒有洗髮精了。
シャンプーが 切れています。

電燈不亮了。
電球が 切れて います。

請再給一個枕頭。
枕、もう 一つ ください。

床單很髒，請換一個。
シーツが 汚れて いるので、取り替えて ください。

房間很髒。
部屋が 汚いんですけど

＋

可以換嗎？
代えて もらえませんか？

房間有味道。
部屋が くさいんですけど

| 到高樓層 | 到低樓層 |
|---|---|
| 高い 階に | 低い 階に |

到安靜的房間
静かな お部屋に

隔壁房間很吵。
隣が うるさいんですけど

＋

到景色好的房間
景色の いい 部屋に

因為有長輩在
お年寄りが いるので

＋

因為腿不好
足が 悪いので

我想要……
して 欲しいんですが・・・

## 電梯

我被關在電梯裡了……
**エレベーターに 閉じ込められたんですが・・・**

## 門

| 門打不開…<br>**ドアが 開かないんですが・・・** | 請幫忙開門。<br>**ドアを 開けて ください。** |

## 鑰匙

鑰匙遺失了。
**カギを 無くしました。**

我把鑰匙放在房間裡就出來了。
**カギを 部屋の 中に 置いてきて しまいました。**

## 要求

有泡泡麵的熱水嗎？
**カップラーメンに 入れる お湯 ありますか？**

我需要筷子，有嗎？
**割り箸が 要るんですが、ありますか？**

**客房服務**

久等了，這是客房服務。
お待たせいたしました。ルームサービスです。

我沒有叫服務。
頼んでいませんよ。

**東西遺忘在房間時**

不好意思，我是 ~ 日住宿的 ~。
我好像把皮夾 ( 手機 ) 放在房間了，有看到嗎？

すみません。～日に 泊まった～ですが、

部屋に 財布(ケータイ)を 忘れてきた みたいなんですが、

ありませんでしたか？

↓

不，沒有。
いいえ、ありませんでした。

可以用郵局寄送嗎？
郵便で 送って
もらえますか？

有，正保管著。
はい、お預かりしています。

# 飲食 食<ruby>食<rt>た</rt></ruby>べる

好像很好吃！

おいしそう！

準備
入境、出境
移動
步行
過夜
飲食
玩樂
購物
解決
交流

## 路邊攤小吃

就像韓國的鯛魚燒裡沒有鯛魚，日本的鯛魚燒裡也沒有たい(鯛魚)。

| 鯛魚燒 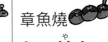 | 章魚燒 | 雞肉串 | 可麗餅 | 紅豆冰 |
|---|---|---|---|---|
| たい焼き <small>や</small> | たこ焼き <small>や</small> | 焼き鳥 <small>や とり</small> | クレープ | かき氷 <small>ごおり</small> |

## 有名的丼飯店

| 吉野家 | 松屋 |
|---|---|
| 吉野家 <small>よしのや</small> | 松屋 <small>まつや</small> |

## 速食店

| 摩斯漢堡 | 麥當勞 | 儂特利 | 肯德基 |
|---|---|---|---|
| モスバーガー | マクドナルド | ロッテリア | ケンタッキー |

## 平價家庭餐廳

| Gusto | 薩利亞 |
|---|---|
| ガスト | サイゼリア |
| Denny's | 這些都是平價餐廳，可毫無負擔地享用一餐。 |
| デニーズ | |

## 迴轉壽司店

| 藏壽司 | 壽司郎 |
|---|---|
| くら寿司 <small>ず し</small> | スシロー  |
| 河童壽司 | HAMA壽司 |
| かっぱずし | はまずし |

日本的居酒屋提供平價的酒類及簡單的餐飲，是很普遍的喝酒去處。

## 居酒屋

| 居酒屋 | 喜樂亭 | 產直屋TaKa |
|---|---|---|
| 居酒屋 <small>いざかや</small> | 喜楽亭 <small>き らく てい</small> | 産直屋たか <small>さん ちょく や</small> |
| 酒盃 | 岸田屋 | Kiharu |
| 酒盃 <small>しゅ はい</small> | 岸田屋 <small>きし だ や</small> | きはる |

準備
入境、出境
移動
歩行
過夜
飲食
玩樂
購物
解決
交流

## 蔬菜

| 蔬菜<br>野菜 | 當季食材<br>旬のもの | 我不能吃紅蘿蔔。<br>私、ニンジンは だめなんです。 |
|---|---|---|

| 蔥<br>ねぎ・ネギ | 洋蔥<br>玉ねぎ | 蒜頭<br>にんにく | 生薑<br>しょうが | 紅蘿蔔<br>にんじん  |
|---|---|---|---|---|
| 山藥<br>とろろ(いも) | 豆芽菜<br>もやし | 黃豆芽<br>豆もやし | 黃瓜<br>きゅうり | 韭菜<br>にら ／ 白菜<br>白菜 |
| 辣椒<br>唐辛子 | 白蘿蔔<br>大根 | 豆子<br>豆 | 高麗菜<br>キャベツ ／ 萵苣<br>レタス | 玉米<br>とうもろこし |
| 茼蒿<br>春菊 | 茄子<br>なす | 菠菜<br>ほうれん草 | 南瓜<br>かぼちゃ | 馬鈴薯<br>じゃがいも |
| 地瓜<br>さつまいも | 牛蒡<br>ごぼう | 蓮藕<br>れんこん  | 芋頭<br>さといも | 竹筍<br>竹の子  |
| 桔梗<br>ききょうの根 | 松茸<br>松茸  | 香菇<br>しいたけ | 艾草<br>よもぎ | 紅椒<br>ピーマン  |

## 海產

| 海產<br>かい さん ぶつ<br>**海産物** | 牡蠣<br>**カキ** | 蜆<br>**シジミ** | 海瓜子<br>**アサリ** | 蛤蠣<br>**ハマグリ** | |
|---|---|---|---|---|---|
| | 扇貝<br>**ホタテ** | 鮑魚<br>**アワビ** | 海蔘<br>**ナマコ** | 海鞘<br>**ホヤ** | 海膽<br>**ウニ** |
| 海藻<br>かい そう<br>**海草** | 海苔<br>**ノリ** | 青海苔<br>**アオノリ** | 海帶芽<br>**ワカメ** | 昆布<br>**コンブ** | 鹿尾菜<br>**ひじき** |

## 魚類

| 魚<br>さかな<br>**魚** | 鯖魚<br>**サバ** | 秋刀魚<br>**サンマ** | サンマ的漢字是秋刀魚(さんま)，意思是在秋天，狀似刀子的長條狀的魚。 | 白肉魚<br>しろ み ざかな<br>**白身魚** | |
|---|---|---|---|---|---|
| 鮪魚<br>**マグロ** | 鰻魚<br>**ウナギ** | 穴子魚<br>**アナゴ** | アナゴ的漢字是穴子(あなご)，因為喜歡躲在洞穴中而得名。 | 紅肉魚<br>あか み ざかな<br>**赤身魚** | |
| 鮭魚<br>**サケ** | 河豚<br>**フグ** | | 比目魚<br>**ヒラメ** | 鯛魚<br>**タイ** | 鰈魚<br>**カレイ** |
| 鱈魚<br>**タラ** | 泥鰍<br>**ドジョウ** | 魷魚<br>**イカ** | 章魚<br>**タコ** | 白帶魚<br>**タチウオ** | 魟魚<br>**えい** |
| | | | | | 鰹魚<br>**カツオ** |

**水果**

| 水果<br>（くだ もの）<br>**果物** | 橘子<br>**ミカン** | 蘋果<br>（りん ご）<br>**林檎・リンゴ** | 梨子<br>（なし）<br>**梨・ナシ** | 香蕉<br>**バナナ** |
|---|---|---|---|---|
| 西瓜<br>（すい か）<br>**西瓜・スイカ** | 柿子<br>（かき）<br>**柿・カキ** | 桃子<br>（もも）<br>**桃・モモ** | 哈密瓜<br>**メロン** | 李子<br>**スモモ** |
| 葡萄<br>（ぶ どう）<br>**葡萄・ブドウ** | 杏<br>（あんず）<br>**杏・アンズ** | 櫻桃<br>**サクランボ** | 奇異果<br>**キウイ** | 香瓜<br>**マクワウリ** |
| 草莓<br>（いちご）<br>**苺・イチゴ** | | 黑莓<br>（き いちご）<br>**木苺・キイチゴ** | | 枇杷<br>**ビワ** |

啊～吃得好飽，不過我還有另一個吃甜點的肚子！

あ～お腹（なか）いっぱい！ でも、デザートは別（べつ）バラです！

**堅果類**

| 核桃<br>**クルミ** | 花生<br>**ピーナッツ** | 栗子<br>（くり）<br>**栗・クリ** | 紅棗<br>**ナツメ** |
|---|---|---|---|
| 松子<br>（まつ み）<br>**松の実** | 杏仁<br>**アーモンド** | 葵瓜子<br>**ひまわりの種**（たね） | |

## 肉類

| 肉<br>にく | 牛肉<br>ぎゅうにく | 豬肉<br>ぶたにく | 雞肉<br>とりにく | 馬肉<br>ばにく | 熊本的馬肉<br>很有名。 |
|---|---|---|---|---|---|
| 肉 | 牛肉 | 豚肉 | 鶏肉  | 馬肉 | |

| 羊肉 | ラム是羔羊，一般稱做<br>ジンギスカン。 | 這個是什麼肉呢？ | |
|---|---|---|---|
| ラム(子)・ジンギスカン(親)<br><small>こ　　　　　　　　　　　　　おや</small> | | これは 何の 肉ですか？<br><small>なん　にく</small> |  |

## 調味料

| 鹽<br>しお | 砂糖<br>さとう | 醬油<br>しょうゆ | 日式醬油 | 這是加了鰹魚、昆布<br>的醬油。 |
|---|---|---|---|---|
| お塩 | 砂糖 | 醬油 | つゆ |  |

| 食醋<br>す | 胡椒 | 美乃滋 | 番茄醬 |
|---|---|---|---|
| お酢 | こしょう  ♪ | マヨネーズ | ケチャップ |

| 7 種香料<br>しちみとうがらし | 七味唐辛子也簡稱<br>唐辛子。 | 芝麻 | 芥末 | 用作豬排或魚<br>板的沾醬。 |
|---|---|---|---|---|
| 七味唐辛子 | | ゴマ | 辛子・カラシ<br><small>から　し</small> |  |

| 山葵 | 有醬油嗎？ | |
|---|---|---|
| ワサビ | お醬油、ありますか？<br><small>しょうゆ</small> | |

## 醬料味道

| 醬料 | 甘甜<br>あまくち | 中辣<br>ちゅうから | 辣<br>からくち |
|---|---|---|---|
| ソース | 甘口 | 中辛 | 辛口 |

準備

入境、出境

移動

步行

過夜

飲食

玩樂

購物

解決

交流

## 用餐

| 飯<br>ご飯<br>はん |  | 湯<br>お汁<br>しる |  | 小菜<br>おかず | 粥<br>おかゆ | |

## 蛋

| 蛋<br>卵<br>たまご | 生雞蛋<br>生卵<br>なまたまご | 茶碗蒸<br>茶碗蒸し<br>ちゃわんむ | 荷包蛋<br>目玉焼き<br>めだまや |  | 歐姆蛋<br>オムレツ |

| 蛋捲<br>卵焼き<br>たまごや |  | 炒蛋<br>スクランブルエッグ | 蛋包飯<br>オムライス |

## 烤物・炒物

| 烤・炒<br>焼〜<br>やき | 烤魚<br>焼魚<br>やきざかな |  | 烤肉<br>焼肉<br>やきにく |  | 烤雞肉<br>焼鳥<br>やきとり |  | 炒飯<br>焼飯<br>やきめし |

## 炸物

| 炸〜<br>〜揚げ<br>あ | 炸雞 ( 麵衣較薄 )<br>から揚げ<br>あ<br>特徵是裹了一層薄薄的小麥粉<br>(こむぎこ：麵粉) 麵衣，一般<br>提到から揚げ，就會想到とり<br>のから揚げ( 炸雞 )。 | 炸雞 ( 麵衣較厚 )<br>竜田揚げ<br>たつたあ<br>用醬油及味醂等醬料及片栗粉 ( か<br>たくりこ：類似太白粉 ) 做成，口感<br>香脆。 |
| 〜天婦羅<br>〜天ぷら<br>てん | 炸蝦<br>エビの天ぷら<br>てん<br>只用炸粉。  | 炸蝦<br>エビフライ<br>用炸粉及麵包粉。 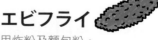 |
| 炒〜<br>〜フライ | | |

| 蓋飯 | | | | |
|---|---|---|---|---|
| ~ 蓋飯<br>〜丼 | 親子丼<br>親子丼 |  | 牛丼<br>牛丼 | 天丼<br>天丼 | 在飯上面放炸物，再淋上醬油。 |

| 炒物 | | | |
|---|---|---|---|
| 炒 ~<br>〜炒め | 炒蔬菜<br>野菜炒め | 味增炒 ~<br>味噌炒め | 味增炒豆芽<br>モヤシの 味噌炒め |
| | 奶油炒 ~<br>バター炒め | 奶油炒瓜子<br>アサリの バター炒め  | 煮物<br>煮物 |

| 蒸物 | | | |
|---|---|---|---|
| 蒸 ~<br>〜蒸し | 茶碗蒸<br>茶碗蒸し  | 酒蒸 ~<br>酒蒸し | 加鹽和酒的蒸物。 | 涼拌<br>和え物 |
| | 酒蒸海瓜子<br>アサリの 酒蒸し | 酒蒸扇貝<br>ホタテの 酒蒸し  | 醬菜<br>漬物 |

| 鍋物 | | | |
|---|---|---|---|
| ~ 鍋<br>鍋 | 壽喜燒<br>すき焼き | 把肉和蔬菜煮熟來吃的火鍋料理。 | 涮涮鍋<br>しゃぶしゃぶ | 魚板<br>おでん |
| | 日式雞肉鍋<br>水炊き | 一種清湯雞肉料理。 | 什錦火鍋<br>寄せ鍋 | 相撲火鍋<br>チャンコ鍋 | 放肉或魚、蔬菜等獨特的火鍋料理。 |

# 04 推薦店家 おすすめの 食堂

| 附近<br>近くに | + | 值得推薦的餐廳<br>おすすめの お店 | 有名的餐廳<br>有名な お店 |
|---|---|---|---|
| | | 人氣高的餐廳<br>人気のある お店 | 好吃的餐廳<br>おいしい お店 |

| 餐廳<br>レストラン | 家庭餐廳<br>ファミリーレストラン | 餐廳<br>食堂 |
|---|---|---|

| 速食店<br>ファストフード | + | 有嗎？<br>は ありますか。 |
|---|---|---|

居酒屋
居酒屋

| 營業<br>営業は | + | 幾點開始？<br>何時からですか？ | → | 從～開始。<br>～からです。 |
|---|---|---|---|---|
| | | 到幾點？<br>何時までですか？ | | 到～點。<br>～までです。 |

左側標籤：準備　入境、出境　移動　歩行　過夜　飲食　玩樂　購物　解決　交流

| | | |
|---|---|---|
| 拉麵<br>**ラーメン**  | 烏龍麵<br>**うどん** | 牛丼<br><ruby>牛丼<rt>ぎゅう どん</rt></ruby>  |
| 蕎麥麵<br>**そば**  | 迴轉壽司<br><ruby>回転寿司<rt>かい てん ず し</rt></ruby>  | 壽司<br><ruby>寿司<rt>す し</rt></ruby> |
| 日式燒肉<br><ruby>焼肉<rt>やき にく</rt></ruby> | 御好燒<br><ruby>お好み焼き<rt>この や</rt></ruby>  | 日式炸豬排<br>**トンカツ**  |
| 日本料理<br><ruby>日本料理<rt>に ほん りょう り</rt></ruby> | 中華料理<br><ruby>中華料理<rt>ちゅう か りょう り</rt></ruby> | 韓國料理<br><ruby>韓国料理<rt>かん こく りょう り</rt></ruby>  |

壽司屋 ( すしや ) 是有 カウンター席 ( 吧檯座位 ) 的高級壽司店,想吃平價壽司時,去迴轉壽司就對了。

**+**

我想吃 ~,有推薦的店家嗎?

**を<ruby>食<rt>た</rt></ruby>べたいんですが、おすすめの
お<ruby>店<rt>みせ</rt></ruby> ありますか?**

| 吃到飽<br><ruby>食べ放題<rt>た ほう だい</rt></ruby> | 飲料喝到飽<br><ruby>飲み放題<rt>の ほう だい</rt></ruby> | 自助餐<br>**バイキング** | 飲料酒吧<br>**ドリンクバー** |
|---|---|---|---|

日本家庭餐廳的 サラダバー ( 沙拉吧 ) 種類很少。

**門口處的對話**

| 啊～肚子餓了。 | 要吃什麼好呢？ | 歡迎光臨。 |
|---|---|---|
| あ～、お腹空いた。 | 何食べようか？ | いらっしゃいませ。 |

| 吸菸席 | 桌子座位 | 吧檯座位 | 禁菸席 |
|---|---|---|---|
| 喫煙席 | テーブル席 | カウンター席 | 禁煙席 |

| 幾位呢？ | 1位 | 2位 | 3位 | | 是 |
|---|---|---|---|---|---|
| 何名さまですか？ | 一人 | 二人 | 三人 | + | です。 |

| 座位呢？ | 有吸菸嗎？ |
|---|---|
| お席は？ | おタバコ お吸いになりますか？ |

禁菸席好嗎？（還是）吸菸席好呢？

禁煙席がよろしいですか？

喫煙席がよろしいですか？

↓

| 到禁菸席。 | 到吸菸席。 |
|---|---|
| 禁煙席で。  | 喫煙席で。  |

抱歉，沒有座位了。
申し訳 ございませんが、満席です。

那麼，沒關係。
じゃあ、いいです。

請稍等一下。
少々 お待ち いただけますか？

→

我會等一下。
待ちます。

要等多久呢？
どのぐらい かかりますか？

↓

10 分鐘左右。
10分くらいです。

30 分鐘左右。
30分くらいです。

請在這裡寫名字
こちらに 名前を 書いて

排隊
並んで

＋

請稍等
お待ちください。

讓您久等了。
お待たせいたしました。

請到這邊來。
こちらへ どうぞ。

飲食

05
在店門口

準備

入境、出境

移動

步行

過夜

飲食

玩樂

購物

解決

交流

## 點菜

| 要點餐嗎？<br>ご注文は？ | 請給我菜單。<br>メニューを見せてください。 |
| --- | --- |

您要點餐嗎？
ご注文はお決まりでしょうか？

## 推薦菜單

（今天的）推薦菜單是什麼？
**(今日の)おすすめは何ですか？**

| 推薦（菜單）<br>おすすめ | 今天的推薦（菜單）<br>本日のおすすめ | 兒童午餐<br>お子様ランチ  |
| --- | --- | --- |

| 今天的菜單<br>日替わり  | 今天的午餐<br>日替わりランチ | 午餐菜單<br>ランチメニュー |
| --- | --- | --- |

| 定食<br>～定食 | 定食是像豬排定食那樣，料理和飯、味增湯一起上菜。 | ～御膳<br>～御膳 | 若定食是 800 日圓，御膳就大約是 1200 日圓，約貴上 400 日圓左右。 |
| --- | --- | --- | --- |

| 咖啡<br>コーヒー付き  | 飯無限續碗<br>ご飯お代り自由  |
| --- | --- |

| 午餐菜單 | 義大利麵 | + | 有附咖啡嗎？ |
|---|---|---|---|
| ランチメニュー | スパゲティー | | に コーヒーは 付<ruby>付<rt>つ</rt></ruby>いて ますか？ |

| 這個是什麼味道？<br>これは どんな <ruby>味<rt>あじ</rt></ruby>ですか？ | | 苦<br><ruby>苦<rt>にが</rt></ruby>い |  | 淡<br><ruby>薄<rt>うす</rt></ruby>い |
|---|---|---|---|---|

| 甜<br><ruby>甘<rt>あま</rt></ruby>い |  | 辣<br><ruby>辛<rt>から</rt></ruby>い | 非常辣的<br><ruby>激辛<rt>げき から</rt></ruby> |  | 甜甜辣辣<br><ruby>甘辛<rt>あま から</rt></ruby> |
|---|---|---|---|---|---|

| 濃<br><ruby>濃<rt>こ</rt></ruby>い |  | 澀<br><ruby>渋<rt>しぶ</rt></ruby>い | 酸<br>すっぱい | 鹹<br>しょっぱい・<ruby>塩辛<rt>しお から</rt></ruby>い |
|---|---|---|---|---|

| 香噴噴<br><ruby>香<rt>こう</rt></ruby>ばしい | 油膩<br>あぶらっこい |  | + | 的嗎？<br>ですか？ |
|---|---|---|---|---|

我想吃辣的……
<ruby>辛<rt>から</rt></ruby>い ものが <ruby>食<rt>た</rt></ruby>べたいんですが・・・

沒有辣的嗎？
<ruby>辛<rt>から</rt></ruby>い ものは ありませんか？

**點餐要求**

我有過敏。
アレルギーが あるんですけど

| 蝦子<br>エビ | 雞蛋<br>卵 |
|---|---|
| 螃蟹<br>カニ | 蕎麥<br>そば |
| 奇異果<br>キウイ | 水蜜桃<br>もも |

＋

沒有放入～嗎？
は 入っていませんか？

請去除～。
は 入れないで ください。

我不能吃肉……
肉、食べられないんですけど・・・

請做得清淡一點。
薄味で お願いします。

**旁邊的料理疑問**

| 那個是什麼料理？<br>あれは どんな 料理ですか？ | 請給我和那個相同的料理。<br>あれと 同じのを ください。 |
|---|---|

我要點餐。
注文 お願いします。

結帳是…？
お金は・・・？

請給我（這個和）這個。
(これと) これ ください。

請買餐券。
食券を 買って ください。

| 請先付款。 | 請之後再付款。 |
|---|---|
| 前払いです。 | 後でいいです。 |

可以之後再付款。
後払いで 大丈夫です。

服務生，請給我 ~。
すみません、〜ください。

飲食

06
點餐

| 湯匙 | 筷子 | 小碟子 | 小碟子 2 個 | 濕毛巾 |
|---|---|---|---|---|
| スプーン | 箸 | 取り皿 | 取り皿 2枚 | おしぼり |

| 菸灰缸 | 餐巾 | 再一瓶啤酒 | |
|---|---|---|---|
| 灰皿 | ナプキン | (瓶)ビール、もう一本 |  |

| 再一瓶啤酒 | 杯子 | 水 | 冷水 | 圍裙 |
|---|---|---|---|---|
| ビール、もう一つ | グラス | お水 | お冷 | 前掛け・エプロン |

## 用餐時的問候語

我要開動了！

**いただきます！**

我吃飽了！

**ご<ruby>馳走様<rt>ち そう さま</rt></ruby>でした！**

這要怎麼吃呢？

**どうやって <ruby>食<rt>た</rt></ruby>べたら いいですか？**

## 用餐後

合您的胃口嗎？

**お<ruby>口<rt>くち</rt></ruby>に <ruby>合<rt>あ</rt></ruby>いますか？**

清爽的口味

**さっぱりした <ruby>味<rt>あじ</rt></ruby>**

好吃

**おいしい・うまい**

清爽的口味

**すっきりした <ruby>味<rt>あじ</rt></ruby>**

清淡的口味

**<ruby>淡白<rt>たん ぱく</rt></ruby>な <ruby>味<rt>あじ</rt></ruby>**

不好吃

**おいしく ない・まずい**

＋

呢！

**ですね。**

## 續杯（碗）

續杯（碗）

**おかわり**

可以再續碗嗎？

**おかわり できますか？**

續杯（碗）是需要付費的。

**おかわりは <ruby>有料<rt>ゆう りょう</rt></ruby>です。**

おかわり用於要求再給一點正在吃的或喝的東西。

日本餐廳不可續小菜，即使要求再多給一點黃蘿蔔也需要付費。

# 08 炸物 天ぷら

## 炸物菜單

| 天婦羅定食<br>**天ぷら定食** | 炸物<br>**天ぷら** | 飯<br>**ご飯** | 醬菜<br>**漬物** | 味增湯<br>**味噌汁** |
|---|---|---|---|---|

## 炸物醬料

| 天婦羅醬汁<br>**天つゆ** | 鹽巴<br>**塩** | 蘿蔔泥<br>**大根おろし** | 生薑泥<br>**おろしショウガ** |
|---|---|---|---|

## 炸物種類

| 天婦羅<br>**天ぷら**<br><br>這是裹麵粉（小麥粉：こむぎこ）的炸物。 | 一般炸蝦<br>**エビ天** | 吃烏龍麵時放的一般炸蝦。 |
|---|---|---|
| | 炸蔬菜<br>**かき揚げ** | 將蔬菜切成長薄狀油炸。 |

| 炸物<br>**フライ**<br><br>裹上麵粉（小麥粉：こむぎこ）+雞蛋(卵：たまご)＋麵包粉(パン粉：パンこ)的炸物。 | 炸蝦<br>**エビフライ** |
|---|---|
| | 裹上麵包粉的炸蝦可樂餅。 |
| | 炸竹筴魚<br>**アジフライ** |

| 可樂餅<br>**コロッケ**<br><br>日本人喜歡把可樂餅當作小菜，在麵包店賣的可樂餅叫做コロッケパン(可樂餅麵包)。 | 馬鈴薯<br>**ジャガイモ** | 咖哩<br>**カレー** |
|---|---|---|
| | 蔬菜<br>**野菜** | 奶油<br>**クリーム** |

| 南瓜<br>**カボチャ** | 玉米濃湯<br>**コーンクリーム** |
|---|---|

果然是剛炸好的最好吃。

**やっぱり揚げ立てがおいしいですね。**

# 09 壽司、生魚片 寿司・刺身

## 壽司・生魚片主要單字

| 師傅！<br>大将！（たいしょう） | 請做一萬元以內的。<br>一万円以内でお任せします。（いちまんえんいないでおまかせします） | 壽司<br>寿司（すし）  |
|---|---|---|

| 吧檯座位<br>カウンター席（せき） | 桌子座位<br>テーブル席（せき） | 壽司屋<br>寿司屋（すしや） | 迴轉壽司<br>回転寿司（かいてんずし） |
|---|---|---|---|

| 醋飯<br>シャリ | 壽司主料<br>ネタ  | 松竹梅<br>松・竹・梅（まつ・たけ・うめ） | 在高級壽司店，不是用盤子顏色區分價格，而是用名稱。 | 均一<br>均一（きんいつ） |
|---|---|---|---|---|

| 盤子<br>お皿（さら） <br>不同的盤子顏色代表不同價格。 | 觸控式點餐<br>タッチパネル<br>利用桌子前方螢幕點餐的方式。  |
|---|---|

| 結帳<br>お愛想（あいそ） | 結帳的說法有計算（けいさん）・お勘定（おかんじょう）・会計（かいけい）等，在壽司店經常用お愛想。 | 請結帳。<br>お愛想、お願いします。（あいそ、おねがいします） |
|---|---|---|

| 壽司店提供的綠茶<br>あがり  | 薑片<br>ガリ | 山葵<br>ワサビ  |
|---|---|---|

| 裝飾用的蘿蔔絲、菊花等<br>つま  | 紫蘇葉<br>ごまの葉っぱ（は） | 日本紫蘇葉<br>しそ | 裝飾生魚片的葉子看起來像紫蘇葉，但味道完全不同。 |
|---|---|---|---|

## 壽司種類

| | |
|---|---|
| 握壽司<br>にぎずし<br>**握り寿司** | |
| 散壽司<br>ずし<br>**ちらし寿司** | |
| 豆皮壽司<br>ずし<br>**いなり寿司** | |

## 海苔捲壽司種類

| 海苔捲壽司<br>**ノリ巻き** | 粗捲壽司<br>ふとま<br>**太巻き** | 就像海苔捲一樣，裡面有タマゴ（雞蛋）・キュウリ（黃瓜）・カンピョウ（乾葫蘆），一般放在便當裡外帶。 |
|---|---|---|
| 卷壽司<br>ずし<br>**巻き寿司** | 沙拉卷<br>ま<br>**サラダ巻き** | 軍艦卷<br>ぐんかんま<br>**軍艦巻き** <br><br>因形似軍艦而得名。 |
| 小黃瓜卷<br>ま<br>**かっぱ巻き** | 據説かっぱ（河童）喜歡黃瓜而得名。 | |
| 形似冰淇淋甜筒的壽司。<br>手卷<br>てまずし<br>**手巻き寿司** | 鮪魚卷<br>てっかま<br>**鉄火巻き** 因鮪魚肉顏色與燒紅的鐵相同而得名。 | 海苔　**のり**<br>鮭魚卵　**いくら**<br>海膽　**うに**<br>沙拉　**サラダ** |

## 主要壽司材料

壽司的サバ（鯖魚）是使用醋醃過的醋浸鯖魚シメサバ。

| 鮪魚紅肉<br>あかみ<br>**赤身** | | 鮪魚肚肉<br>**トロ** | 星鰻<br>**アナゴ** | 鯖魚<br>**サバ** | 比目魚<br>**ヒラメ** |
|---|---|---|---|---|---|
| 土魠魚<br>**サワラ** | 鰶魚<br>**コハダ** | 海鰻<br>**ハモ** | 鮭魚<br>**サーモン**  | 鰤魚<br>**ブリ** | 鯛魚<br>**タイ** |
| 魷魚<br>**イカ** | 章魚<br>**タコ** | 扇貝<br>**ホタテ** | 蝦子<br>**エビ**  | 鯛魚仔<br>**ハマチ** | 烤豬肉<br>ぶた<br>**豚のあぶり** |

準備
入境、出境
移動
步行
過夜
飲食
玩樂
購物
解決
交流

| 準備 鍋子 なべ 鍋 | 湯勺 たま お玉 | 碟子 と ざら 取り皿 |
|---|---|---|

## 鍋物食材

| 香菇 シイタケ | 白菜 はくさい 白菜 | 茼蒿 しゅんぎく 春菊 | 蔥 ネギ |
|---|---|---|---|
| 鮟鱇 あんこう | 牡蠣 カキ | 鱈魚 タラ | 紅蘿蔔 ニンジン |

熟了嗎？
に
**煮えました？**

現在可以吃了嗎？
た
**もう 食べてもいいですか？**

我要開動了。
**いただきます。**

## 鍋物醬料

| 日式醬油 つゆ | 蘿蔔泥 だい こん 大根おろし |
|---|---|

辣蘿蔔泥
**もみじおろし**

這是像もみじ（楓葉）一樣紅的辣醬，在大根（白蘿蔔）裡加入唐辛子（辣椒）磨碎，也會加一點ニンジン（紅蘿蔔）。

| 飯 はん ご飯 | 粥 ぞう すい 雑炊 | 烏龍麺 うどん |
|---|---|---|

## 壽喜燒
### すき焼き

用醬油和砂糖做高湯底，放入牛肉薄片、蒟蒻、蔥等和蔬菜一起煮，特色是肉和蔬菜煮熟後沾生雞蛋吃。

| 烤豆腐 | 蒟蒻絲 | 牛肉 | 蔥 | 生雞蛋 | |
|---|---|---|---|---|---|
| 燒き豆腐 | しらたき | 牛肉 | ネギ | 生卵 | 把生雞蛋打散當作醬料。 |

## 涮涮鍋
### しゃぶしゃぶ

把牛肉薄片與蔬菜在高湯裡涮一下再沾醬吃。

| 橙醋 | 芝麻醬 |
|---|---|
| ポン酢だれ | ごまだれ |
| 在以醬油為基底的醬料中加入橙汁。 |  |

## 日式雞肉火鍋
### 水炊き

一種清湯雞肉料理。

| 雞肉 | |
|---|---|
| 鶏肉 |  |

## 日式什錦火鍋
### 寄せ鍋

把牛肉薄片、魚、蔬菜等放入清高湯熬煮的料理，特點是放什麼都可以。

## 豆腐鍋
### 湯豆腐

以豆腐為主食材的火鍋，以京都最為有名。

準備

入境、出境

移動

步行

過夜

**飲食**

玩樂

購物

解決

交流

**拉麵種類**

你想要吃哪種口味？
**何にしますか？**

醬油拉麵
**しょうゆラーメン**

味增拉麵
**みそラーメン**

鹽味拉麵
**塩ラーメン**

鹽味奶油拉麵
**塩バターラーメン**

豚骨拉麵
**とんこつラーメン**

用豬骨熬煮的拉麵。

沾麵
**つけめん**

像蕎麥麵一樣沾醬吃。

擔擔麵（辣拉麵）
**坦々麵**

源自中國四川省，在日本、新加坡、韓國很受到歡迎。日本的擔擔麵特徵是香濃中帶辣味。

＋

請給我
**をください。**

中華涼麵
**冷やし中華**

雞蛋絲
**錦糸卵**

黃瓜
**きゅうり**

豆芽菜
**もやし**

火腿
**ハム**

番茄
**トマト**

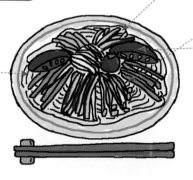

＜醬料＞

芝麻
**胡麻だれ**

醬油
**醬油**

## 拉麵套餐

| 拉麵 + 餃子<br>**ラーメン + 餃子** | 拉麵 + 中式炒飯<br>**ラーメン + チャーハン**  |
| --- | --- |

## 拉麵加點食材

請幫我加 ~
**〜トッピング、お願いします。**

豆芽菜
**もやし**

| 蔥花<br>**ネギ** | 叉燒肉<br>**チャーシュー**  | 玉米<br>**コーン**  |
| --- | --- | --- |
| 奶油<br>**バター**  | 筍乾<br>**メンマ・しなちく** |  |

## 麵

| 捲麵<br>**チヂレ麺** | 粗麵<br>**太麺** |
| --- | --- |
| 直麺<br>**ストレート麺** | 細麵<br>**細麺** |

# 12 蓋飯、中華料理 丼・中華料理

若去大眾食堂（大眾食堂：たいしゅうしょくどう），就能嘗到有家裡白飯味道的各種蓋飯。

## 蓋飯

| 蓋飯<br>丼 | 紅薑<br>紅ショウガ |  | 蛋花湯<br>卵とじ | 在煮滾的湯裡<br>加入蛋汁。 |

---

牛肉蓋飯
牛丼
可根據喜好加上生雞蛋。

請給我生雞蛋。
生卵、ください。

---

親子丼
（雞肉雞蛋蓋飯）
親子丼

在甜甜鹹鹹的雞肉上淋上蛋汁。因為有親（雞肉）和子（雞蛋）而得名。

豬排丼（豬排蓋飯）
カツ丼

用醬油烹煮豬排和洋蔥後再加入蛋汁的料理。

---

豬肉・牛肉蓋飯
他人丼
這是用豬肉或牛肉加上蛋，調理後放在飯上的料理。

燒肉蓋飯
豚丼

---

炸肉排蓋飯
ヒレカツ丼
這是使用脂肪較少的軟嫩里肌肉的料理。

天婦羅蓋飯
天丼
放上蝦子（エビ）和茄子（ナス）等炸物的蓋飯。

---

生魚片蓋飯
刺身丼

有放上各種刺身（生魚片）以及特定一種生魚片的蓋飯。放上うに（海膽）就是うに丼，放上いくら（鮭魚卵）就是いくら丼，放上マグロ（鮪魚）就是マグロ丼。

| | | | | |
|---|---|---|---|---|
| 海鮮丼<br>**海鮮丼** | 把魚貝類放在飯上面，再淋上加入山葵的醬油。 | 鮪魚蓋飯<br>**ネギトロ丼** | 把碎鮪魚與蔥攪拌後放在飯上面。 | 鮭魚卵蓋飯<br>**イクラ丼** |

**餐盒飯**

| 放在餐盒裡的飯<br>**お重** | 鰻魚飯<br>**ひつまぶし** | 名古屋有名的鰻魚蓋飯。 |  | 普通<br>**並** | 高級<br>**上** |
|---|---|---|---|---|---|
| 鰻魚蓋飯<br>**うな重** | 只放うなぎ（鰻魚）的蓋飯不叫做うな丼，而是うな重。 | 松<br>**松** | 竹<br>**竹** | 梅<br>**梅** | |

**中華料理**

| 糖醋排骨<br>**酢豚** |  | 麻婆豆腐<br>**マーボー豆腐** |  |
|---|---|---|---|
| 乾燒蝦仁<br>**エビチリ** |  | 八寶菜<br>**八宝菜** | 春捲<br>**春巻き** |

**中華餐廳**

| 王將餃子<br>**餃子の王将** | Bamiyan<br>**バーミヤン** | 後樂園<br>**後楽園** |
|---|---|---|

# 13 蕎麥麵、烏龍麵 そば・うどん

準備

入境、出境

移動

步行

過夜

飲食

玩樂

購物

解決

交流

| 普通 <br> 並（な）み  | 大份 <br> 大（おお）盛（も）り  | 冷～ <br> 冷（ひ）やし～ | 湯匙 <br> れんげ |
|---|---|---|---|

## 搭配的醬料與配菜

| 日式醬油 <br> **つゆ** <br><br> 冷蕎麥麵的沾醬，用柴魚及甜醬油熬煮而成。 | 蘿蔔泥 <br> **おろし** | 把蘿蔔磨成泥，將大根（だいこん：白蘿蔔）おろし縮寫成おろし。  | 辣椒粉 <br> **七味唐辛子** <br> （しちみとうがらし） | 在熱熱的蕎麥麵灑上的辣椒粉。 |
|---|---|---|---|---|
| | 生薑泥 <br> **おろしショウガ** <br> 把生薑磨成泥。 | | 蔥 <br> **ネギ** | 山葵 <br> **わさび** |

## 蕎麥麵・烏龍麵菜單

| 冷蕎麥麵 <br> **盛（も）りそば**  | 沾つゆ吃的最基本的冷蕎麥麵。 |
|---|---|

釜揚烏龍麵
**釜揚（かまあ）げうどん**

把煮好的烏龍麵放在熱湯中吃，因為直接使用煮麵的鍋子，所以叫做釜揚げ，醬料是つゆ。

笊籬蕎麥麵
**ざるそば**

用竹盤盛裝的笊籬蕎麥麵，加上海苔絲，吃法與冷蕎麥麵相同，都是沾つゆ。

海苔
**のり**

鍋燒麵
**鍋燒（なべや）きうどん**

在一人份的鍋子內放入各種食材與烏龍麵。

## 溫

### かけ

像熱湯麵一樣的溫蕎麥麵，是沒有加入其他食材的基本款。

## 炸物（天婦羅）

### 天ぷら
てん

在蕎麥湯麵（烏龍麵）上面放炸物，同時有冷熱兩種口感。

## 狸貓

### たぬき

在熱的蕎麥湯麵（烏龍麵）上面放麵衣屑，因たぬき（狸貓）喜歡麵衣屑而得名，冷的叫做冷（ひ）やしたぬき。

## 狐狸

### きつね

在熱的蕎麥湯麵（烏龍麵）上面放油炸豆皮，因きつね（狐狸）喜歡油炸豆皮而得名，冷的叫做冷（ひ）やしきつね。

## 炸麵糊

### 揚げ玉
あ　だま

只油炸炸粉。

## 油炸豆腐

### 油揚げ
あぶら　あ

## 月見
つき み

### 月見

在熱的蕎麥湯麵（烏龍麵）上面放生雞蛋，因生雞蛋形狀像滿月，所以叫「月見」，是很浪漫的蕎麥麵 ^^

## 山菜
さん さい

### 山菜

在熱的蕎麥湯麵（烏龍麵）上面放山菜。

## 山藥泥

### とろろ

在熱的蕎麥湯麵（烏龍麵）上面放山藥泥。

## 牛肉

### 肉
にく

在熱的蕎麥湯麵（烏龍麵）上面放牛肉。

## 雞肉

### かしわ

在熱的蕎麥湯麵（烏龍麵）上面放雞肉絲。

準備
入境、出境
移動
步行
過夜
**飲食**
玩樂
購物
解決
交流

## 御好燒

| 御好燒<br>**お好み焼き** | 像煎餅一樣，將麵粉加入雞蛋、高麗菜及水拌勻後在鐵板上煎成圓餅，就如字面上的意思，お好み（喜好）+ 燒き（烤）就是自行放入喜歡的魚貝類和肉來燒烤，所以叫做お好み焼き。  |
|---|---|

| 大阪風<br>**大阪風** | 廣島風<br>**広島風** | 文字燒<br>**もんじゃ焼き** |
|---|---|---|
| 指最具日本風味的大阪風御好燒。 | 這是廣島的特色料理，特色是加入高麗菜和焼きそば（不是蕎麥麵，而是炒麵），うどん（烏龍麵）。 | 這是東京地區的御好燒，特徵是水份較多，以淺草最為有名。 |

## 主食材

| 豬肉<br>**豚肉** | → | 豬肉 + 蛋<br>**豚玉** |
|---|---|---|
| 魷魚<br>**イカ** | → | 魷魚 + 蛋<br>**イカ玉** |
| 蝦子<br>**エビ** | → | 蝦 + 蛋<br>**エビ玉** |
| 綜合<br>**ミックス** | → | 綜合<br>**ミックス** |

| 請給我<br>**ください。** |
|---|

**+**

## 其他食材

| 御好燒醬料<br>**お好み焼きソース** | |
|---|---|
| 美乃滋<br>**マヨネーズ** | 青海苔<br>**青のり** |
| 柴魚片<br>**かつおぶし・おかか** | |

要怎麼煎呢？

## どうやって 焼けば いいですか。

御好燒的店員有時也會幫忙煎，但基本上是由客人自己煎，煎好後再撒上醬料、美乃滋。

| 麵粉<br>小麦粉 | 雞蛋<br>卵 | 豆芽菜<br>もやし | 雖然是選項，但建議放入清爽酥脆的豆芽菜。 | 高麗菜<br>キャベツ |
|---|---|---|---|---|
| 山藥<br>山芋 | とろろ芋是山藥泥。 | 油炸麵衣屑<br>てんかす・揚げ玉 | | 紅薑<br>紅ショウガ | 薑片加砂糖浸在食醋裡。 |

| 油刷子<br>油引き | 煎御好燒之前，用油刷子沾油塗抹鐵盤。 |
|---|---|
| 鍋鏟<br>へら | 小碟子<br>小皿 |

可以幫我煎嗎？

## 焼いて もらえませんか？

差不多可以翻面了嗎？

## そろそろ ひっくり返したら いいですか？

左側標籤：準備　入境、出境　移動　步行　過夜　飲食　玩樂　購物　解決　交流

## 燒肉

| 燒肉<br><ruby>焼肉<rt>やきにく</rt></ruby> | |
|---|---|

燒肉就是把肉，特別是牛肉按照部位不同放在烤架上烤，烤肉的店就是燒肉屋（やきにくや）。

炭火燒烤<br><ruby>炭火焼<rt>すみびや</rt></ruby>き

| 夾子<br>トング | 醬油醬料<br>たれ |
|---|---|

| 牛小排<br>カルビ | 上等牛小排<br><ruby>上<rt>じょう</rt></ruby>カルビ |
|---|---|
| 帶骨牛小排<br><ruby>骨<rt>ほね</rt></ruby><ruby>付<rt>つ</rt></ruby>きカルビ | 特選牛小排<br><ruby>特上<rt>とくじょう</rt></ruby>カルビ |

醃牛小排<br><ruby>味付<rt>あじつ</rt></ruby>けカルビ

| 肝<br>レバー | 心臟<br>ハツ | 菲力<br>ヒレ |
|---|---|---|

## 美味的烤牛肉菜單

| 牛<br><ruby>牛<rt>ぎゅう</rt></ruby> | 鹽味牛肉<br>タン<ruby>塩<rt>しお</rt></ruby> | | 沙朗<br>ロース | 牛百葉<br>センマイ |
|---|---|---|---|---|

第一輪通常都會點鹽味。

| 牛大腸<br>ホルモン | 外橫膈膜<br>ハラミ | 內橫膈膜<br>サガリ | 後腿肉<br>モモ<ruby>肉<rt>にく</rt></ruby> |
|---|---|---|---|

靠近背部吃起來跟肉沒兩樣。

橫膈膜靠近腹部的部位油脂較少，中間有一條筋。

後大腿部分。

| 瘤胃（牛肚）<br>ミノ | 軟骨<br>なんこつ | 子宮<br>コブクロ |
|---|---|---|

## 美味的烤豬肉菜單

| 豬<br>ぶた<br>**豚** | 三層肉<br>にく<br>**バラ肉** | 梅花肉<br>にく<br>**かた肉** | 肩里肌<br>**かたロース** | 菲力<br>**ヒレ** |
|---|---|---|---|---|
| | 腿肉<br>にく<br>**もも肉** | 豬腸<br>**シロ** | 豬胃<br>**ガツ** | 豬直腸<br>**テッポー** |

## 雞肉串

| 串燒<br>くし<br>**串** | 雞蔥串<br>**ねぎま** | | 雞肉丸<br>**つくね** | 雞胸肉<br>**ささみ** |
|---|---|---|---|---|
| | 雞翅<br>て ば<br>**手羽** | 雞皮<br>かわ<br>**皮** | 雞脖子<br>こ にく<br>**小肉** | 雞心<br>**はつ** | 雞腿肉<br>**もも** |
| | 雞胗<br>すなぎも<br>**砂肝** | 雞胸軟骨<br>むね<br>**胸ナンコツ** | 雞屁股<br>**ぼんじり** | 培根香菇捲<br>ま<br>**えのき巻き** |

## 雞肉串的配菜

| 蔥<br>**ねぎ** | 銀杏<br>ぎん なん<br>**銀杏** | 香菇<br>**しいたけ** | 蝦子<br>**エビ** | 柳葉魚<br>**ししゃも** | 扇貝<br>**ホタテ** |
|---|---|---|---|---|---|

121

# 16 家庭餐廳

## 菜單種類

| 每日午餐<br>日替わりランチ | 飲料吧<br>ドリンクバー | 麵類<br>麺類 | 飯類<br>ご飯もの |
|---|---|---|---|
| 單點菜單<br>単品メニュー | 蓋飯種類<br>どんぶりもの | 甜點<br>デザート・スイーツ | |
| 西式套餐<br>洋食セット | 日式套餐<br>和食セット | 輕食套餐<br>スナックセット | |
| 點西式套餐時會有パン（麵包）與スープ（濃湯）。 | 點西式套餐時會有ご飯（飯）與味噌汁（味增湯）。 | 點輕食套餐時會有サラダ（沙拉）與スープ（濃湯）。 | |

日本的家庭餐廳以低廉價格提供各種菜單。

## 兒童套餐

| 兒童<br>お子様 | + | 午餐<br>ランチ | 拉麵<br>ラーメン | 咖哩<br>カレー |
|---|---|---|---|---|

## 主餐

| 西式燉牛肉飯<br>ハヤシライス | 蛋包飯<br>オムライス | 炸蝦咖哩<br>エビフライカレー |
|---|---|---|
| 炒飯<br>チャーハン | 咖哩飯<br>カレーライス | 牛排<br>ステーキ |

## ファミリーレストラン(ファミレス)

| （雞肉）肉排<br>**(チキン) ステーキ** | 奶油燉菜<br>**クリームシチュー** | 燉牛肉<br>**ビーフシチュー** |
|---|---|---|
| 漢堡<br>**ハンバーグ** | 炸肉餅<br>**メンチカツ** | 炸雞塊<br>**トンカツ** |
| 烤鯖魚<br>**焼<sub>や</sub>きサバ** | 高麗菜捲<br>**ロールキャベツ** | 炸雞<br>**鳥<sub>とり</sub>の から揚<sub>あ</sub>げ** |
| 南蠻炸雞　用酸酸甜甜<br>的醬汁製作<br>**南蛮<sub>なん ばん</sub>あげ**　成的炸雞。 | 可樂餅<br>**コロッケ** | 炸蝦<br>**エビフライ** |

### 點餐

您要點些什麼呢？

**ご注文<sub>ちゅう もん</sub>は 何<sub>なに</sub>に なさいますか？**

請給我一份漢堡日式套餐。

**ハンバーグ 和食<sub>わ しょく</sub>セット、お願<sub>ねが</sub>いします。**

點餐時，可以單點主餐或是附有飯、麵包的套餐。

| 麵包和飯<br>**パンとご飯<sub>はん</sub>** | 濃湯<br>**スープは** |
|---|---|
| 沙拉醬<br>**サラダの ドレッシングは** | |

\+

要哪一種呢？

**何<sub>なに</sub>に なさいますか？**

請給我漢堡排。
**ハンバーグステーキだけ、お願いします。**

我要點 3 杯飲料。
**ドリンクバー 三つ、お願いします。**

**附餐菜單**

| 薯條 **フライドポテト**  | 馬鈴薯沙拉 **ポテトサラダ** | 蔬菜沙拉 **野菜サラダ** |
|---|---|---|
| 小香腸 **ウィンナー** | 餃子 **餃子**  | 三角飯糰 **おにぎり**  |

**甜點**

| 冰淇淋 **アイスクリーム** | 聖代 **パフェ**  | 布丁 **プリン**  |
|---|---|---|

**結帳**

| 結帳 **会計** | 結帳 **計算** | 一起 **一緒で** | 分開付 **別々で** | + | 請〜 **お願いします。** |
|---|---|---|---|---|---|

**三角飯糰**

| 這個，請幫我加熱。<br>これ、温めてください。 | 三角飯糰<br>おにぎり・お握り |
| --- | --- |
| | 飯糰<br>おむすび・おむす |

~ 美乃滋
〜マヨネーズ・〜マヨ

| 烤 ~<br>焼き・焼~ | 醬味 ~<br>〜醤油漬け | 生 ~<br>生〜 | 日式 ~<br>和風〜 | 紅薑 ~<br>紅〜 |
| --- | --- | --- | --- | --- |
| 芝麻 ~<br>胡麻〜 | 鹽味 ~<br>塩〜 | ~ 飯<br>〜ご飯 | 生薑 ~<br>生姜〜 | 這是紅生薑（べにしょうが）的縮語，加入梅醋醃製而成。 |
| ~ 炒飯<br>〜チャーハン | 大粒 ~<br>大粒〜 | 大（King）~<br>キング〜 | | |

| 鹽味飯糰　　白飯加鹽的飯糰。<br>塩むすび | 海帶三角飯糰<br>わかめおにぎり |
| --- | --- |
|  |  |
| 日高昆布<br>(日高) 昆布<br>　　　日高地區以昆布知名。 | 柴魚片起司飯糰<br>チーズおかか |

| 雞肉蔬菜飯 | 叉燒飯糰 | 叉燒是把豬腿肉或背肉用加了酒和香料的醬油醃製烤過。 |
|---|---|---|
| 鶏五目 (とり ご もく) | チャーシューおむす | |
| 有雞肉與 5 種蔬菜的飯糰。 | | |

| 烤豬肉炒飯 | 牛排 | 麵焦味醬油炒飯 |
|---|---|---|
| 燒豚チャーハン (やき ぶた) | 牛ステーキ (ぎゅう) | 焦がし醬油チャーハン (こ) (しょう ゆ) |
| |  | 用麵焦味醬油炒的炒飯。 |

| 紀州梅干 | 糯米飯 |
|---|---|
| (紀州)梅干 (き しゅう うめ ぼし) | 赤飯・おこわ (せき はん) |
| 紀州地區以梅干知名。 | 赤飯是紅豆糯米飯，おこわ是用蒸籠蒸的糯米或梗米飯。 |

| 鮭魚 | 煮過的鮭魚 | 鮭魚 |
|---|---|---|
| サケ・さけ・鮭 (さけ) | しゃけ | サーモン |
| 河裡的鮭魚，用來烤或烹飪。 | |  在海裡的養殖鮭魚，用來做壽司、沙拉等。 |

| 醬醃鮭魚卵 | |
|---|---|
| (しそうめ) すじこ醬油漬け (しょう ゆ づ) | すじこ是しそうめ地區知名的醬醃鮭魚卵。 |

| 鮭魚卵 | 鮭魚美乃滋口味 | 芝麻鮭魚 |
|---|---|---|
| イクラ | サーモンマヨネーズ | 胡麻サケ (ごま) |

| 紅鮭魚 | 銀鮭魚 | 大鮭魚腹肉 |
|---|---|---|
| 紅サケ (べに) | 銀鮭 (ぎん ざけ) | キングサーモンはらみ |

| 鮪魚<br>**マグロ・鮪**  | 鮪魚或鮪魚罐頭<br>**ツナ**  |
|---|---|

| 鮪魚罐頭<br>**シーチキン** | 這是日本的罐頭工廠はごろもフーズ的商品，用柴魚片調味，以大海（シー）的雞肉（チキン）取名。 | 鮪魚美乃滋口味<br>**ツナマヨネーズ** |
|---|---|---|

| （日式）鱈魚卵<br>**たらこ・鱈子** | （韓式）鱈魚卵<br>**明太子**  | （韓式）辣味鱈魚卵<br>**辛子明太子** |
|---|---|---|

| 要幫您加熱嗎？<br>**温めますか？** → | 好，請幫我加熱。<br>**はい、お願いします。** |
|---|---|
| | 就這樣給我好了。<br>**そのままでいいです。** |

鱈魚卵的日語是鱈子，而以鹽巴醃製的叫做明太子。

便利商店的便當與一般餐廳定食類似。（參考 p.102）

**便利商店便當**

| 一般便當<br>**幕の内弁当** | 裝了各種小菜的日式便當。 | 炭烤牛肉便當<br>**炭火焼牛カルビ弁当** | 用炭火烤的牛肉便當。 |
|---|---|---|---|
| 鹽味蔥豬五花便當<br>**ネギ塩豚カルビ弁当** | 加了蔥與鹽巴的烤五花肉便當。 | 生薑豬肉便當<br>**しょうが焼き弁当** | 用生薑及醬油烹飪的豬肉便當。 |

127

| 蛋包飯 & 漢堡<br>**オムライス＆ハンバーグ** | 塔塔醬南蠻炸雞<br>**タルタルソースの チキン南蛮**<br>加了塔塔醬的炸雞。 |
|---|---|

**杯麵**

| 杯麵<br>**カップラーメン・らーめん** | 麵<br>**麵** | 擔擔麵<br>**坦々麵** | 源自中國四川省，在日本、新加坡、韓國都受到歡迎。日本的擔擔麵特徵是香濃中帶有辣味。 |
|---|---|---|---|
| 杯麵<br>**カップヌードル** | 味增<br>**みそ・味噌** | ～ 湯<br>**～だし** | ～ 的絕品<br>**～の逸品** |

| 明星嗩吶樂杯麵（鹽味）<br>**チャルメラ カップ 塩** | 廣告主角是一位在路邊專賣泡麵的チャルメラ大叔。 | 牛骨高湯口味<br>**とんこつ・トンコツ** |
|---|---|---|

| 醬油<br>**しょうゆ・醬油** | 海鮮<br>**シーフード** |  | 地中海<br>**地中海** |
|---|---|---|---|

| 玉米<br><br>**とうもろこし** | 泡菜<br>**キムチ** | 咖哩<br>**カレー** | 豬肉泡菜<br>**豚キムチ** |
|---|---|---|---|

| 蔥<br>**ねぎ** | 番茄<br>**トマト** | 小魚乾高湯<br>**煮干だし**  | 蔥味增<br>**ネギ味噌** |
|---|---|---|---|

## 零食

| 蝦味先<br>**かっぱえびせん** | 巧克力棒<br>**ポッキー** | 巧克力派<br>**チョコパイ** | 醬油仙貝<br>**ぽたぽた焼き** | |
|---|---|---|---|---|
| 洋芋片<br>**ポテトチップス** | 香菇山巧克力<br>**きのこの山** | 柿子餅乾<br>**柿の種** | 做成柿子種子模樣的醬味餅乾。 | 以醬油為基底口味的日式仙貝。 |
| 卡樂比<br>**ジャガビー・Jagabee** | 保留馬鈴薯原味的洋芋片。 | 雪餅<br>**雪の宿** | 表面撒了像雪一樣的白砂糖米餅。 | 美味棒<br>**うまい棒** |

> 做成柿子種子模樣的醬味餅乾。

> 以醬油為基底口味的日式仙貝。

> 保留馬鈴薯原味的洋芋片。

> 表面撒了像雪一樣的白砂糖米餅。

美味棒 **うまい棒**
有タコヤキ（章魚燒）、めんたいこ（明太子）、チーズ（起司）、コーンポタージュ（玉米奶油）等 50 種口味。

| 羊羹<br>**ようかん** | 豆餡糯米餅<br>**もなか** | 銅鑼燒<br>**どら焼き** | 糯米糕<br>**大福** |
|---|---|---|---|
| 日本饅頭<br>**饅頭** | 生菓子<br>**生菓子** | 仙貝<br>**せんべい** | 口香糖<br>**ガム** 木醣醇口香糖是キシリトール。 |

## 冬季限定

| 黑輪<br>**おでん** | 水煮蛋<br>**ゆで玉子** | 蒟蒻<br>**こんにゃく** | 白蘿蔔<br>**大根** | 豆沙包<br>**あんまん** | 肉包<br>**肉まん** |
|---|---|---|---|---|---|

竹輪 **ちくわ** ＋ | 一個 **ひとつ** | 兩個 **ふたつ** | ＋ 請給我 **ください。**

**咖啡菜單**

| 熱咖啡<br>ホットコーヒー | 冰咖啡<br>アイスコーヒー | 黑咖啡<br>ブレンドコーヒー |
|---|---|---|

| 美式咖啡<br>カフェアメリカーノ | 手沖咖啡<br>ドリップコーヒー  |
|---|---|

| 卡布奇諾<br>カプチーノ  | 摩卡咖啡<br>カフェモカ | 香草拿鐵<br>バニララテ |
|---|---|---|

| 拿鐵咖啡<br>カフェラテ<br>在義式咖啡裡加牛奶。 | 抹茶拿鐵<br>抹茶ラテ | 焦糖拿鐵<br>キャラメルラテ |
|---|---|---|

| 焦糖瑪奇朵<br>キャラメルマキアト  | 義式咖啡<br>エスプレッ  |
|---|---|

| 可可亞<br>ココア  | 牛奶<br>牛乳 | 牛奶<br>ミルク | 混合咖啡<br>カフェミスト 手沖咖啡<br>加牛奶。 |
|---|---|---|---|

| 冰紅茶<br>アイスティー  | 奶茶<br>ミルクティー | 檸檬茶<br>レモンティー |
|---|---|---|

| 草莓冰沙<br>ストロベリースムージー | 霜淇淋<br>ソフトクリーム |  |
| --- | --- | --- |
| 柳橙汁<br>オレンジジュース  | 蘋果汁<br>アップルジュース | 可樂<br>コーラ |

| 汽水<br>サイダー | 哈密瓜汽水<br>メロンソーダ | 冰淇淋汽水<br>クリームソーダ | 漂浮<br>フロート |
| --- | --- | --- | --- |

加上鮮奶油．冰淇淋的冰飲品，若是汽水，就叫クリームソーダ。

**點餐**

您要點餐嗎？
ご注文はお決まりでしょうか？
→
請給我一杯咖啡。
コーヒーを一つください。

要冰的？（還是）熱的？
アイスですか？ ホットですか？

↓

（請給我）熱的。
ホットで(お願いします)。

（請給我）冰的。
アイスで(お願いします)。

準備

入境、出境

移動

步行

過夜

飲食

玩樂

購物

解決

交流

## 份量

要多大杯的？
**サイズは?(どのように なさいますか?)**

↓

（請給我）要小杯的。
**ショットで (お願いします)。**

| 小杯 **ショット** |
|---|
| 中杯 **トール** |
| 大杯 **グランデ** |

馬克杯可以嗎？
**マグカップで よろしいですか？**

→

請讓我外帶。
**持ち帰りようで お願いします。**

## 外帶

內用？（還是）外帶？
**店内でお召し上がりですか? お持ち帰りですか？**

↓

內用。
**店内で。**

外帶。
**持ち帰りです。(テイクアウトです。)**

| 杯套 **カップスリーブ** | 吸管 **ストロー** | 糖漿 **シロップ** |
|---|---|---|

# 19 酒 お酒

## 在家裡喝的酒

果然，泡澡後喝一杯啤酒最棒了。

やっぱり、お風呂上がりのビールは、
最高ですねぇ～！！

乾杯！

乾杯！

| 酒 | 居酒屋 | 小菜 | | 下酒菜 |
|---|---|---|---|---|
| お酒 | 居酒屋 | おつまみ | 用手拿著吃的簡單小菜。 | 酒の肴 |

## 酒的種類

| 啤酒 | 瓶裝啤酒 | 生啤酒 | 罐裝啤酒 | 燒酎 |
|---|---|---|---|---|
| ビール | 瓶ビール | 生ビール | 缶ビール | 焼酎 |

| 紅酒 | 威士忌 | 日本酒 (清酒) | 發泡酒 | |
|---|---|---|---|---|
| ワイン | ウィスキー | 日本酒 | 発泡酒 | 燒酎稀釋後的酒。 |

| 梅酒 | 在地生產的酒 | 本地啤酒 | 無酒精飲料 |
|---|---|---|---|
| 梅酒 | 地酒 | 地ビール | アルコールフリー・ノンアルコール |

我不能喝酒，所以喝無酒精飲料。

私は アルコールだめだから、アルコールフリーで。

## 日本酒

| 溫熱後的日本酒<br>あつ かん<br>**熱燗** | 冰過的酒<br>れい しゅ<br>**冷酒** | 葫蘆狀的酒瓶<br>**とっくり** | 小酒杯<br>ちょ こ<br>**お猪口** |
|---|---|---|---|

| 魚鰭燒酎<br>ざけ<br>**ひれ酒** | ひれ（魚鰭）一般是使用ふぐ（河豚）鰭。 |
|---|---|

### 享用威士忌及燒酎的各種方法

| Sour<br>**サワー**<br>用沙瓦稀釋燒酎。 | High<br>**ハイ**<br>加入水以外的來稀釋燒酎。 |
|---|---|

| 純飲<br>**ストレート** | 在威士忌及燒酎中不添加任何東西。 | | | |
|---|---|---|---|---|
| 稀釋<br>わ<br>**割り** | 用水或其他的來稀釋燒酎。 | 在威士忌及燒酎加冰塊。<br>on Rock<br>**ロック** | 蘋果沙瓦<br>**リンゴサワー** | 加水稀釋<br>みず わ<br>**水割り** 用水稀釋燒酎。 |
| 燒酎調酒<br>**チュ-ハイ** 用碳酸水稀釋燒酎 | | 加熱水<br>ゆ わ<br>**お湯割り** 用熱水稀釋燒酎。 | 加烏龍茶<br>**ウーロンハイ** 用烏龍茶稀釋燒酎。 | |

| 加可樂<br>**コークハイ** |
|---|

#### 飲料

| 微醺<br>**ほろよい** | ~味<br>あじ<br>**〜味** | 白沙瓦<br>しろ<br>**白いサワー** | 水蜜桃<br>**もも** | 梅酒蘇打<br>うめしゅ<br>**梅酒ソーダ** |
|---|---|---|---|---|
| | 蘋果<br>**リンゴ** | 白葡萄<br>しろ ぶ どう<br>**白葡萄** | 葡萄沙瓦<br>ぶ どう<br>**葡萄サワー** | 冰紅茶沙瓦<br>**アイスティーサワー** |

| 加蘇打水<br>わ<br>**ソーダ割り** |
|---|

| Highball<br>**ハイボール** |
|---|

在威士忌裡加入蘇打水及冰塊。

# 20 下酒菜 酒の肴 <sub>さけ</sub> <sub>さかな</sub>

## 點酒和下酒菜

您要點菜嗎？
ご注文は
お決まりですか？
<sub>ちゅうもん</sub> <sub>き</sub>

→

請先給我啤酒和毛豆。
とりあえず、ビールと
枝豆 ください。
<sub>えだ まめ</sub>

這裡有地方出產的酒嗎？
ここの 地酒は ありますか？
<sub>じ ざけ</sub>

座位費用約 200~300 日圓。
因付了座位費，即使沒有點餐也會上些簡單小菜。

## 基本小菜

| 基本小菜 お通し | 基本小菜 突き出し | 毛豆 枝豆 | 涼拌 和え物 | 煮物 煮物 | 嫩豆腐 冷奴 | 醋涼拌 酢物 |
|---|---|---|---|---|---|---|
| <sub>とお</sub> | <sub>つ だ</sub> | <sub>えだ まめ</sub> | <sub>あ もの</sub> | <sub>に もの</sub> | <sub>ひや やっこ</sub> | <sub>すの もの</sub> |

## 小菜

| 炸雞 鳥の から揚げ <sub>とり</sub> <sub>あ</sub> | 雞肉串 焼き鳥 <sub>や とり</sub> | 通常會在雞肉中間串上ネギ（蔥）。 | 蔥 ネギ | 串燒 串カツ <sub>くし</sub> |
|---|---|---|---|---|
| 沙拉 サラダ  | 南蠻漬 南蛮漬け <sub>なん ばん づ</sub> | 把魚或蔬菜用食醋、酒、鹽巴醃製的料理。 | | 串豬排，通常中間會串上たまねぎ（洋蔥）。 |
| 肝臟串 レバーの串刺し・串カツ <sub>くし ざ</sub> <sub>くし</sub> | 烤魚串 焼き魚 <sub>や ざかな</sub> | | 洋蔥 たまねぎ | |

飲食

19
酒

20
下酒菜

| 烤奶油海瓜子<br>**あさりバター** | 生鰹檸檬酢<br>**かつおの たたき** | 稍微用火烤<br>一下沾醬吃<br>的鰹魚。 | 鐵板燒<br>**鉄板焼き**<br><small>てっ ぱん や</small> |

生魚片<br><small>さし み</small>**刺身**

烤奶油鮭魚<br>**サーモンあぶりチーズ**<br>稍微用火烤一下鮭魚，和起司一起<br>吃。あぶり意思是稍微烤一下。

醬菜<br>**おしんこ**

與漬物 ( つけもの ) 是相同<br>意思，把蔬菜用鹽或糠醃<br>漬而成的醬菜。

柳葉魚<br>**ししゃも**

鮪魚<br>**マグロ**

| 白蘿蔔<br><small>だい こん</small>**大根** | 茄子<br>**ナス** |

玉子燒<br><small>ま たまご</small>**だし巻き卵**

綜合醬菜<br>**お漬物の 盛り合わせ**<br><small>つけ もの　　も　　あ</small>

| 乾魷魚<br>**するめ・あたりめ** | 調味魷魚<br>**さきいか** | 花生<br>**ピーナッツ** | 烤米果 + 花生<br>**柿ピー**<br><small>かき</small> |

---

**最後一道**

茶泡飯<br><small>ちゃ づ</small>**お茶漬け**

把茶加到飯裡一起吃，喝<br>酒後的最後一道料理。

吃飽了！<br><small>なか</small>**お腹 いっぱい！**

# 21 在餐廳的疑難雜症 飲食店での トラブル

## 吃到一半時的請求

不好意思，這個請幫我再熱一下。

**すみません、これ温めなおして ください。**

---

還沒煮熟。

**まだ生みたいです。**

---

請再多烤一下。

**もっと 焼いて ください。**

請再多煮熟一下。

**もっと 煮て ください。**

---

這裡面有頭髮。

**ここに 髪の毛が 入っています。**

筷子弄掉了。

**箸を 落として しまいました。**

碗裡面沾到什麼了。

**うつわが 汚れて います。**

---

啊，還沒有點餐呢。

**あ、注文して ませんけど。**

我點的還沒來。

**注文した ものが 来ていません。**

+

請幫我換一個。

**代えて ください。**

# Trip7 玩樂 楽しむ

我第一次來日本，這附近有值得去的觀光景點嗎？
日本は 初めてなんですが、
この近くにおすすめの観光スポットはありますか?

## 観光

| 遊客導覽中心<br>**インフォメーション**<br><ruby>案内所<rt>あんないじょ</rt></ruby>・<ruby>観光案内所<rt>かんこうあんないじょ</rt></ruby> | 宣傳手冊<br>**パンフレット**  |
|---|---|
|  | 觀光巴士<br><ruby>観光<rt>かんこう</rt></ruby>**バス** |
| | 導覽<br>**ガイド** |

## 景點

| 觀光區<br><ruby>観光地<rt>かんこうち</rt></ruby> | 景點<br><ruby>名所<rt>めいしょ</rt></ruby> | 熱門地點<br>**人気スポット**<rt>にんき</rt> | 值得去的<br>地方<br><ruby>見所<rt>みどころ</rt></ruby> | 觀賞最佳<br>時期<br><ruby>見頃<rt>みごろ</rt></ruby> |
|---|---|---|---|---|
| 遊樂園<br><ruby>遊園地<rt>ゆうえんち</rt></ruby> | 主題樂園<br>**テーマパーク** | 水族館<br><ruby>水族館<rt>すいぞくかん</rt></ruby> | 博物館<br><ruby>博物館<rt>はくぶつかん</rt></ruby> | 城<br><ruby>お城<rt>しろ</rt></ruby> |
| ~ 的出生地<br>**~のゆかりの <ruby>地<rt>ち</rt></ruby>** | 織田信長的出生地<br><ruby>信長<rt>のぶなが</rt></ruby>ゆかりの <ruby>地<rt>ち</rt></ruby>  | | | |

## 入場

| 入場<br><ruby>入場<rt>にゅうじょう</rt></ruby> | 入口<br><ruby>入口<rt>いりぐち</rt></ruby> | 出口<br><ruby>出口<rt>でぐち</rt></ruby> | 緊急出口<br><ruby>非常口<rt>ひじょうぐち</rt></ruby> | 化妝室<br>**トイレ・お<ruby>手洗<rt>てあら</rt></ruby>い** |
|---|---|---|---|---|

# 02 日本行政區 日本の都道府県

日本的行政區分為 1 都、1 道、2 府、43 縣。
1 都 - 東京都（とうきょうと）
1 道 - 北海道（ほっかいどう）
2 府 - 大阪府（おおさかふ）/京都府（きょうとふ）
43 縣 – 宮城縣（みやぎけん）/沖縄縣（おきなわけん）等 43 個縣。

準備

入境、出境

移動

步行

過夜

飲食

玩樂

購物

解決

交流

| 北海道<br>ほっかいどう<br>**北海道** | ほっかいどう<br>1 北海道 | | |
|---|---|---|---|
| 東北地方<br>とうほくちほう<br>**東北地方** | あおもりけん<br>2 青森県<br>あきたけん<br>5 秋田県 | いわてけん<br>3 岩手県<br>やまがたけん<br>6 山形県 | みやぎけん<br>4 宮城県<br>ふくしまけん<br>7 福島県 |
| 關東地方<br>かんとうちほう<br>**関東地方** | いばらきけん<br>8 茨城県<br>さいたまけん<br>11 埼玉県<br>かながわけん<br>14 神奈川県 | とちぎけん<br>9 栃木県<br>ちばけん<br>12 千葉県 | ぐんまけん<br>10 群馬県<br>とうきょうと<br>13 東京都 |
| 中部地方<br>ちゅうぶちほう<br>**中部地方** | にいがたけん<br>15 新潟県<br>ふくいけん<br>18 福井県<br>ぎふけん<br>21 岐阜県 | とやまけん<br>16 富山県<br>やまなしけん<br>19 山梨県<br>しずおかけん<br>22 静岡県 | いしかわけん<br>17 石川県<br>ながのけん<br>20 長野県<br>あいちけん<br>23 愛知県 |
| 關西地方<br>かんさいちほう<br>**関西地方** | みえけん<br>24 三重県<br>おおさかふ<br>27 大阪府<br>わかやまけん<br>30 和歌山県 | しがけん<br>25 滋賀県<br>ひょうごけん<br>28 兵庫県 | きょうとふ<br>26 京都府<br>ならけん<br>29 奈良県 |
| 中國地方<br>ちゅうごくちほう<br>**中国地方** | とっとりけん<br>31 鳥取県<br>ひろしまけん<br>34 広島県 | しまねけん<br>32 島根県<br>やまぐちけん<br>35 山口県 | おかやまけん<br>33 岡山県 |
| 四國地方<br>しこくちほう<br>**四国地方** | とくしまけん<br>36 徳島県<br>こうちけん<br>39 高知県 | かがわけん<br>37 香川県 | えひめけん<br>38 愛媛県 |
| 九州・沖縄<br>きゅうしゅう・おきなわ<br>**九州・沖縄** | ふくおかけん<br>40 福岡県<br>くまもとけん<br>43 熊本県<br>かごしまけん<br>46 鹿児島県 | さがけん<br>41 佐賀県<br>おおいたけん<br>44 大分県<br>おきなわけん<br>47 沖縄県 | ながさきけん<br>42 長崎県<br>みやざきけん<br>45 宮崎県 |

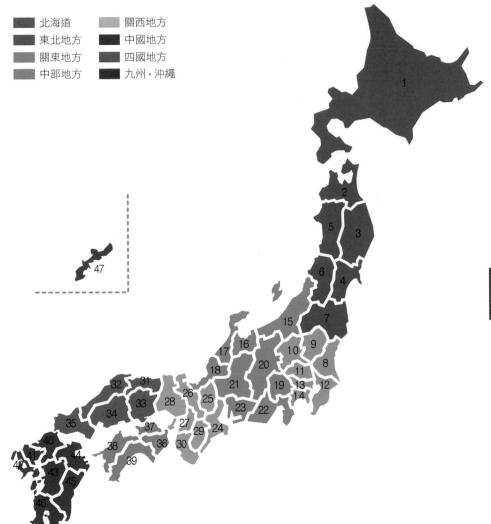

北海道
東北地方
關東地方
中部地方
關西地方
中國地方
四國地方
九州·沖繩

左側標籤（由上至下）：
準備 ／ 入境、出境 ／ 移動 ／ 步行 ／ 過夜 ／ 飲食 ／ **玩樂** ／ 購物 ／ 解決 ／ 交流

## 札幌 景點

| | |
|---|---|
| 札幌雪祭<br>さっぽろ ゆき まつり<br>**札幌雪祭**  | 富良野的薰衣草田<br>ふ ら の　　　　　　　ばたけ<br>**富良野の ラベンダー 畑** |
| 札幌市鐘塔<br>さっぽろ し と けい だい<br>**札幌市 時計台**  | 旭川市 旭川動物園<br>あさひかわ し あさひやま どう ぶつ えん<br>**旭川市 旭山動物園** |

| | | |
|---|---|---|
| 月輪熊（亞洲黑熊）<br>**ツキノワグマ**  | 胸前有半月形的白毛，北海道是唯一可以吃到熊肉(くまにく)的地方。 | 北極狐<br>**キタ キツネ** |

## 飲食

| | | | |
|---|---|---|---|
| 札幌味增拉麵<br>さっぽろ み そ<br>**札幌味噌ラーメン** 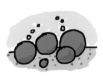 | 毛蟹<br>け<br>**毛ガニ** | 海膽<br>**ウニ** | 海產<br>かい さん ぶつ<br>**海産物** |

## 伴手禮

| | |
|---|---|
| 白色戀人<br>しろ　　こい びと<br>**白い恋人** | ROYCE’生巧克力<br>なま<br>**ロイズの 生チョコ** |

| | |
|---|---|
| 綠球藻<br>**マリモ** | 夕張哈密瓜<br>ゆう ばり<br>**夕張メロン** 　夕張的名產，與一般哈密瓜的顏色不同，甜度也較高。 |

這種圓圓的水中植物是阿寒湖(あかんこ)的名產，1921 年被指定為日本自然保護對象，有克服困難與實現願望的寓意，因此是極受歡迎的伴手禮，關於綠球藻有個悲傷的傳說，有一對不被父母允許的北海道原住民アイヌ人(あいぬじん)戀人掉入阿寒湖，化身為綠球藻。

| |
|---|
| 阿伊努族<br>じん<br>**アイヌ人** |

**青森縣** 景點

睡魔祭（燈節）

**ねぶた祭**

這是每年 8 月 2 日開始為期 7 天的民俗慶典，以青森市內為中心抬著人型燈籠花車遊街，ねぶた（睡魔）是用竹子搭製，再用許多燈和大型紙人偶裝飾而成，這便是睡魔祭。

睡魔・燈籠

**ねぶた・燈篭**

每年 8 月 2 日開始為期 7 天，在青森市內舉辦的民俗慶典。

弘前城

**弘前城**

建於 1611 年，日本 7 大名城之一。

弘前公園

**弘前公園**

以弘前城為中心建造的公園，為賞櫻勝地。

**茨城縣** 景點　　　　　　　　　　飲食

偕樂園

**偕楽園**

位於水戶市 ( みとし ) 的日本三大名園之一。

水戶納豆

**水戶納豆**

**宮城縣** 景點　　　　　　　　　　飲食

松島

**松島**

日本三大美景之一。

牛舌

**牛タン**

玩樂

03 北海道

04 東北地方

143

準備

入境、出境

移動

步行

過夜

飲食

玩樂

購物

解決

交流

## 群馬縣 景點

草津溫泉
**草津温泉**

因川端康成的《雪國》
而知名。

達摩不倒翁
**だるま**

### 飲食

| 釜飯便當<br>**峠の釜飯**  | 黑燒日式炒麵<br>**黒焼きそば** | 烤饅頭<br>**焼き饅頭** |
|---|---|---|
| 滿滿裝入竹筍、牛蒡、栗子等群馬縣山區常見材料的鐵鍋飯便當。 | | |

## 栃木縣 景點

| 日光<br>**日光** | 日光東照宮<br>**日光東照宮** | 三猿 ( 三不猴 )<br>**三猿** | 德川家康<br>**徳川家康** |
|---|---|---|---|

非禮勿視、非禮勿聽、非禮勿言
**見猿聞か猿言わ猿**

因德川家康而有名。ざる是否定詞ない
的書面體。

**千葉縣** 景點

東京迪士尼樂園
**東京ディズニーランド**
とう きょう

米老鼠
**ミッキーマウス**

迪士尼
**ディズニーシー**

米妮
**ミニーマウス**

飲食

箱根湯本溫泉
**箱根湯本温泉**
はこ ね ゆ もと おん せん

箱根關所
**箱根関所**
はこ ね せき しょ

可窺見江戶時代的生活情景。

黑蛋
**黒卵**
くろ たまご

**東京都** 景點

晴空塔
**スカイツリー**

真的好高！
**ホント高い！**
たか

東京鐵塔
**東京タワー**
とう きょう

淺草雷門
**浅草 雷門**
あさ くさ かみなり もん

景點

飲食

雷米香
**雷おこし**
かみなり

東京香蕉蛋糕
**東京バナナ**
とう きょう

啊～真好吃！
**あぁ～、うまい！**

**岐阜縣** 景點

下呂溫泉
<ruby>下呂溫泉<rt>げろおんせん</rt></ruby>

白川郷的合掌村
<ruby>白川郷<rt>しろかわごう</rt></ruby>の<ruby>合掌造<rt>がっしょうづく</rt></ruby>りの<ruby>集落<rt>しゅうらく</rt></ruby>

動畫 < 暮蟬悲鳴時 > 的背景舞台，被指定為聯合國教科文組織登錄為世界文化遺產，在下大雪時，為了能從 2 樓出去，便把屋頂形狀設計成合掌的樣子，因此被稱為合掌造り（がっしょうづくり）。

馬籠 島崎藤村的故鄉
<ruby>馬籠<rt>まごめ</rt></ruby> <ruby>島崎藤村<rt>しまざきとうそん</rt></ruby> <ruby>実家<rt>じっか</rt></ruby>

日本明治時代的詩人兼小説家，以初恋（はつこい）一詩聞名，位於岐阜県中津川市（ぎふけんなかつがわ）。

郡上
<ruby>郡上<rt>ぐじょう</rt></ruby>

像京都一樣完整保存舊時代風貌而知名，也被稱為小京都。

宿場町
<ruby>宿場町<rt>しゅくばまち</rt></ruby>

古時候只能徒步旅行時提供給旅人住宿及休息的地方就叫做宿場（しゅくば），沿著此路步行便可到達島崎藤村的故鄉。

烤醬油糰子
みたらしだんご

把沾醬油的麻糬串在竹籤上烤。

你的名字
<ruby>君<rt>きみ</rt></ruby>の<ruby>名<rt>な</rt></ruby>は。

電影 < 你的名字 >。

< 你的名字 > 電影裡小女孩的家。
「<ruby>君<rt>きみ</rt></ruby>の<ruby>名<rt>な</rt></ruby>は。」の<ruby>女<rt>おんな</rt></ruby>の<ruby>子<rt>こ</rt></ruby>の<ruby>家<rt>いえ</rt></ruby>だよ。

## 大雪谷
<ruby>雪<rt>ゆき</rt></ruby>の<ruby>大谷<rt>おお たに</rt></ruby>

世界知名的觀光景點雪の大谷是沿著立山黑部アルペンルート（立山黑部阿爾卑斯山脈路線）的巨大雪牆，是高度逼近 20 公尺的壯觀雪景。

## 立山黑部 阿爾卑斯山脈路線
<ruby>立山黒部<rt>たて やま くろ べ</rt></ruby>アルペンルート

## 立山
<ruby>立山<rt>たて やま</rt></ruby>

與富士山（ふじさん），白山（はくさん）並稱日本三大名山的立山，擁有多個高達 3,000 公尺的山峰，被稱為日本的阿爾卑斯山。

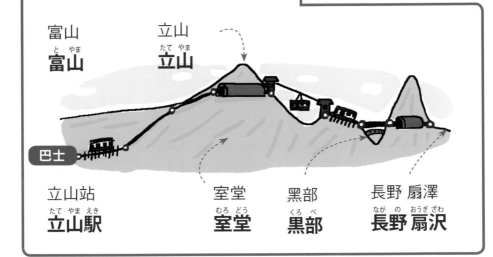

富山
<ruby>富山<rt>と やま</rt></ruby>

立山
<ruby>立山<rt>たて やま</rt></ruby>

巴士

立山站
<ruby>立山駅<rt>たて やま えき</rt></ruby>

室堂
<ruby>室堂<rt>むろ どう</rt></ruby>

黑部
<ruby>黒部<rt>くろ べ</rt></ruby>

長野 扇澤
<ruby>長野<rt>なが の</rt></ruby> <ruby>扇沢<rt>おうぎ ざわ</rt></ruby>

## 上高地
<ruby>上高地<rt>かみ こう ち</rt></ruby>

以梓川（あずさがわ）而聞名，一眼盡收日本的北阿爾卑斯山美景，登山客絡繹不絕。

## 菅平
<ruby>菅平<rt>すが だいら</rt></ruby>

## 輕井澤
<ruby>軽井沢<rt>かる い ざわ</rt></ruby>

與上高地相反，輕井澤位於山腳下，距離東京很近，擁有眾多美食與美麗別墅，是有名的避暑勝地。

## 石川縣　景點

### 兼六園
**兼六園**
けん ろく えん

位於日本石川縣縣廳所在地金沢（かなざわ），為日本三大名園之一。

### 雪吊
**雪吊り**
ゆき づ

中部地方近東海的四個縣，也就是富山縣、新潟縣、石川縣及福井縣等北陸地區因雪的含水量很高，重量很重，為了防止樹木無法支撐雪的重量而倒塌，因此每年11月開始會在每個樹枝纏上麻繩。

## 靜岡縣　伴手禮

### 綠茶
**綠茶**
りょく ちゃ

### 鰻魚派
**うなぎパイ**

## 山梨縣　景點

### 富士山
**富士山**
ふ じ さん

高度為海拔3776公尺的日本最高山，是日本的象徵。

## 愛知縣

### 名古屋城
**名古屋城**
な ご や じょう

### 明治村
**明治村**
めい じ むら

位於日本愛知縣犬山市的博物館，保存了明治時代的建築。

**大阪府** 景點

| | |
|---|---|
| 環球影城<br>**ユニバーサル スタジオ** | 大阪城<br>おお さか じょう<br>**大阪城** |
| 道頓堀<br>どう とん ぼり<br>**道頓堀**  | 造幣局<br>ぞう へい きょく<br>**造幣局** |
| 食倒太郎<br>く だお にん ぎょう<br>**食い倒れ人形**  | 人形看板<br>にん ぎょう<br>**グリコの人形** |
| 大阪生活今昔館<br>こんじゃくかん<br>**くらしの今昔館** | 重現從江戶時代開始至今的大阪生活面貌，可穿著着物（きもの：和服）或浴衣（ゆかた）體驗當時生活。 |

**滋賀縣** 景點

| | |
|---|---|
| 甲賀忍者<br>こう か にん じゃ<br>**甲賀忍者**  | 琵琶湖<br>び わ こ<br>**琵琶湖**<br><br>日本最大的湖泊。 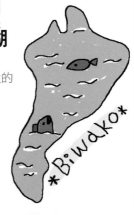 |

日本忍者可分為甲賀忍者和伊賀忍者，現在此區已開發為觀光景點，販賣忍者服裝等。

## 京都府 景點

| 金閣寺<br>きんかくじ<br>**金閣寺** | 清水寺<br>きよみずでら<br>**清水寺**  |
|---|---|
| 銀閣寺<br>ぎんかくじ<br>**銀閣寺** | 舞妓<br>まいこ<br>**舞妓さん**  |

## 景點

| 飲食（生）<br>八橋餅<br>なまやはし<br>**(生)八ツ橋**  |
|---|
| 京都有名的和菓子。 |

| 千枚漬<br>せんまいづ<br>**千枚漬け** | 具代表性的京都漬物，以京都出產的蕪菁為材料製成的醬菜。 |
|---|---|

## 奈良縣 景點

| 東大寺<br>とうだいじ<br>**東大寺**  | 奈良公園<br>ならこうえん<br>**奈良公園** | 鹿<br>しか<br>**鹿**  |
|---|---|---|
| 大佛像<br>だいぶつ<br>**大仏** | 鹿仙貝<br>しか<br>**鹿せんべい**  | |

### 飲食

| 奈良漬<br>ならづ<br>**奈良漬け** | 白うり（しろうり：白瓜）為黃瓜的一種，加入酒糟製成醬菜。 |
|---|---|

| 法隆寺<br>ほうりゅうじ<br>**法隆寺** | 日本佛教木造建築的代表。  |
|---|---|

## 兵庫縣 景點

| 有馬溫泉<br>ありまおんせん<br>**有馬温泉**  | 神戶光之祭典<br>こうべ<br>**神戸 ルミナリエ** | 姫路城<br>ひめじじょう<br>**姫路城** |
|---|---|---|
| 日本三大溫泉之一。 | 每年 12 月舉行的燈飾祭典。 | |

# 08 中國地方 中国地方

### 飲食

沙梨
なし

辣韮
ラッキョウ

## 岡山縣 景點

後樂園
後楽園
こう らく えん

桃太郎
桃太郎
もも た ろう

從桃子裡出生的桃太郎的故事
背景就在岡山。

### 伴手禮

黍糰子
きび団子
だん ご

位於廣島縣廿日市市嚴島的神社，由
平安時代平清盛所修建，至今已有
1,400 年的歷史，1996 年被指定為世
界遺產。神社內的嚴島被稱為安芸の
宮島，是日本三景（にほんさんけい）之
一。

## 廣島縣 景點

和平紀念公園
平和記念公園
へい わ き ねん こう えん

1945 年廣島被原
子彈轟炸過後唯一
留下的建築物被改
建和平紀念公園。

嚴島
安芸の宮島
あ き みや じま

玩樂

07 關西地方

08 中國地方

151

準備
入境、出境
移動
步行
過夜
飲食
**玩樂**
購物
解決
交流

## 愛媛縣 景點

### 道後溫泉

**道後温泉**

因夏目漱石的 <坊ちゃん>（少爺）的小説背景，與千と千尋の神隠し（神隱少女）的場景而知名。

### 島波海道
**しまなみ海道**

連結愛媛縣尾道市到今治市之間大大小小島嶼的海岸道路。

### 景點

小豆島 天使的散步道
**小豆島エンジェルロード**

一天只有兩次會浮出像天使一樣美麗的路，被稱為日本的地中海。

## 香川縣 飲食

### 讚岐烏龍麵

**さぬきうどん**

日本最有名的國民美食之一。

## 高知縣 景點

### 四國八十八所朝聖步道
**四国 八十八箇所 めぐり**

八十八座寺院的佛教聖地巡禮路線。

### 朝聖者
**お遍路さん**

為了祈禱而參拜八十八間寺院的朝聖者。

### 夜來祭
**よさこい祭**
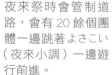

夜來祭時會管制道路，會有 20 餘個團體一邊跳著よさこい（夜來小調）一邊遊行前進。

# 10 九州・沖繩 <ruby>九州<rt>きゅう しゅう</rt></ruby>・<ruby>沖繩<rt>おき なわ</rt></ruby>

## 大分縣 景點

| 別府溫泉 | 湯布院溫泉 | 阿蘇山 |
|---|---|---|
| <ruby>別府溫泉<rt>べっ ぷ おん せん</rt></ruby> | <ruby>湯布院溫泉<rt>ゆ ふ いん おん せん</rt></ruby> | <ruby>阿蘇山<rt>あ そ さん</rt></ruby> |

## 熊本縣 景點

| 熊本城 | 水前寺公園 |
|---|---|
| <ruby>熊本城<rt>くま もと じょう</rt></ruby> | <ruby>水前寺公園<rt>すい ぜん じ こう えん</rt></ruby> |

## 伴手禮

熊本熊

くまもん

熊本縣的吉祥物。

## 長崎縣 景點

| 豪斯登堡 | 哥拉巴園 | |
|---|---|---|
| ハウステンボス | <ruby>グラバー園<rt>えん</rt></ruby> | 著名歌劇<蝴蝶夫人>的故居,為西式建築。 |

## 飲食

| 長崎蛋糕 |
|---|
| カステラ |
| 什錦麵 |
| ちゃんぽん |

## 鹿兒島縣 景點

| 屋久島 | | 櫻島 | |
|---|---|---|---|
| <ruby>屋久島<rt>や く しま</rt></ruby> | 宮崎駿導演<魔法公主>的神祕森林場景出自於此。 | <ruby>桜島<rt>さくら じま</rt></ruby> | 鹿兒島灣北面的火山島。 |

## 沖繩縣 景點

| 首里城 | |
|---|---|
| <ruby>首里城<rt>しゅ り じょう</rt></ruby> |  |
| 沖繩美麗海水族館 | |
| <ruby>沖繩美ら海水族館<rt>おき なわ ちゅ うみ すい ぞく かん</rt></ruby> | |

## 伴手禮

| 泡盛 | | 金楚糕 |
|---|---|---|
| <ruby>泡盛<rt>あわ もり</rt></ruby> | 特產於沖繩的燒酒。 | ちんすこう |
| 龜殼花 | |  |
| ハブ | | |

| | |
|---|---|
| 祭典<br>**まつり・祭・祭り**<br><small>まつり まつ</small> | 神輿<br>**神輿**<br><small>み こし</small> |
| 頭巾<br>**鉢巻き**<br><small>はち ま</small> | 祭典時穿的<br>衣服<br>**はっぴ** |

### 日本的代表性祭典

**祇園祭**
**祇園祭**
<small>ぎ おん まつり</small>

京都（きょうと）的代表性夏日祭典，每年七月在八坂神社（やさかじんじゃ）舉行，此時一種叫山鉾（やまぼこ）的大型裝飾轎子會開始持續一個月的市內遊行，祇園祭的起源是在黑死病流行的九世紀為趕走瘟疫而舉行的儀式。

**神田祭**
**神田祭**
<small>かん だ まつり</small>

東京（とうきょう）的千代田區 神田（ちよだくかんだ）地區每年5月舉行的民俗祭典，起源是江戶幕府德川家康（とくがわいえやす）為紀念關原之戰取得勝利。

**天神祭**
**天神祭**
<small>てん じん まつり</small>

大阪（おおさか）的天滿宮（てんまんぐう）在每年7月舉行的夏日祭典，原是向其供奉的平安時代的學者菅原道真（すがわらみちざね）祈福，後轉變為驅病消災的祭典。

**札幌雪祭**
**札幌雪祭**
<small>さっ ぽろ ゆき まつり</small>

用雪做成的巨大雪像（せつぞう，大型冰雕）在大通り（おおどおり）展示。

**三社祭**
**三社祭**
<small>さん じゃ まつり</small>

東京（とうきょう）的淺草神社（あさくさじんじゃ）在每年5月會舉行夏日祭典，相傳約1,300年前的某個夏天，一對漁夫兄弟去捕魚卻撈到了觀音像，供奉在淺草神社。

準備 入境、出境 移動 步行 過夜 飲食 **玩樂** 購物 解決 交流

| 阿波舞祭典<br>あわおど<br>阿波踊り | 以德島縣（とくしまけん）為中心，每年在 8 月 15 日盂蘭盆節（お盆）舉行的民俗舞蹈祭典，祭典期間會有被稱為連（れん）的舞蹈團體伴隨著日本傳統樂器跳著阿波舞慶祝。 |

| 浴衣<br>ゆ かた<br>浴衣 | 扇子<br>うちわ | 路邊攤<br>や たい<br>屋台 |

**路邊小吃**

| 棉花糖<br>わたがし |  | 日式炒麵<br>や<br>焼きそば | 章魚燒<br>や<br>たこ焼き |  |
| 蘋果糖<br>あめ<br>リンゴ飴 |  | 花枝燒<br>や<br>いか焼き |  | |

**祭典遊戲**

| 溜溜球<br>ヨーヨー |  | 撈金魚<br>きん ぎょ<br>金魚すくい |  |
| 射擊、打靶<br>しゃ てき<br>射的 | | 套圈圈<br>わ な<br>輪投げ | |

# 12 具代表性的日本溫泉、公園、名山

（位置請參考 p.141 的地圖編號）

## 日本三大溫泉

| 日本三大溫泉<br>に ほん さん めい せん<br>日本３名泉 | 草津溫泉 ❿<br>く さつ おん せん<br>草津温泉 | 有馬溫泉 ㉘<br>あり ま おん せん<br>有馬温泉 | 下呂溫泉 ㉑<br>げ ろ おん せん<br>下呂温泉 |
|---|---|---|---|

## 日本三大名園

| 日本三大名園<br>に ほん さん めい えん<br>日本３名園 | 兼六園 ⓱<br>けん ろく えん<br>兼六園 | 後樂園 ㉝<br>こう らく えん<br>後楽園 | 偕樂園 ❽<br>かい らく えん<br>偕楽園 |
|---|---|---|---|
| | 位於石川縣縣廳所在的金澤市，日本三大名園之一。 | 位於日本岡山縣縣廳所在的岡山市，日本三大名園之一。 | 位於日本茨城縣縣廳所在的水戶市，日本三大名園之一。 |

## 日本名山

| 北海道 ❶<br>ほっ かい どう<br>北海道 | 大雪山 ❶<br>だい せつ ざん<br>大雪山 |
|---|---|

| 飛驒山脈<br>⓰~㉑<br>きた<br>北アルプス | 秉鞍 ⓴~㉑<br>のり くら<br>乗鞍 | 穗高岳 ⓴~㉑<br>ほ だか<br>穂高 | 槍岳 ⓴~㉑<br>やり が たけ<br>槍ヶ岳 |
|---|---|---|---|
| | | | 位於日本飛驒山脈南部的日本第五高山，特徵是山峰呈尖銳的三角形。 |

| 白馬岳 ⓰~⓴<br>はく ば たけ<br>白馬岳 | 為立山白馬村地區最高的山，是日本百岳之一。 | 立山黑部阿爾卑斯山脈路線<br>⓰~⓴<br>たて やま くろ べ<br>立山黒部アルペンルート | 又被稱為日本的阿爾卑斯，位於北陸地區的富山縣。 |
|---|---|---|---|
| 立山 ⓰<br>たて やま<br>立山 | 上高地 ⓴<br>かみ こう ち<br>上高地 | 輕井澤 ⓴<br>かる い ざわ<br>軽井沢 | 位於日本長野縣，是著名的渡假勝地。 |

# 日本の 代表的な 温泉・公園・山

| 木曽山脈 **20~21**<br>ちゅうおう<br>**中央アルプス** | 霧峰山 **20**<br>きりがみね<br>**霧ヶ峰** | 霧峰的主峰即為車山。 | 美原高原 **20**<br>うつしがはら<br>**美ヶ原** | 木曽駒岳 **20**<br>きそこま<br>**木曽駒** |
|---|---|---|---|---|
| | 八岳 **19~20**<br>やつがだけ<br>**八ヶ岳** | 長野縣與山梨縣附近的日本百岳之一。 | 御嶽山 **20~21**<br>おんたけさん<br>**御嶽山** | 日本中部地方長野縣與岐阜縣附近高達海拔 3,067 公尺的活火山。 | 白山 **17~21**<br>はくさん<br>**白山** |

| 中部～四國 **19~39**<br>ちゅうぶ しこく<br>**中部～四国** | 富士山 **19~22**<br>ふじさん<br>**富士山** | 箱根 **14**<br>はこね<br>**箱根** | 地理上較靠近東京。 | 六甲山 **28**<br>ろっこうさん<br>**六甲山** |
|---|---|---|---|---|
| | 大峰山 **29**<br>おおみねさん<br>**大峰山** | 高野山 **30**<br>こうやさん<br>**高野山** | 吉野熊野國立公園 **29~30**<br>よしのくまのこくりつこうえん<br>**吉野熊野国立公園** | |
| | 大山 **31**<br>だいせん<br>**大山** | 蒜山高原 **33**<br>こうげん<br>**ひるぜん高原** | 四國八十八箇所 **36 37 38 39**<br>しこくはちじゅうはちかしょ<br>**四国八十八ヶ所** | |

| 九州 **40~46**<br>きゅうしゅう<br>**九州** | 阿蘇山 **43**<br>あそさん<br>**阿蘇山** | 位於熊本的活火山。 | 地獄巡禮 **44**<br>じごく<br>**地獄めぐり** | 位於大分縣別府市的知名景點，逛完七個別府地獄就完成了地獄巡禮，若加上不屬於別府地獄的山地獄，則全部共有八個。 |
|---|---|---|---|---|
| | | 霧島山 **45~46**<br>きりしまやま<br>**霧島山** | 位於宮崎縣的活火山。 | 櫻島 **46**<br>さくらじま<br>**桜島** |

活火山，鹿兒島縣的代表性景點。

玩樂

12

具代表性的日本溫泉、公園、名山

這裡大概是到哪裡了？
**ここは 何合目ですか？**
<sub>なん ごう め</sub>

→

到一半了。
**五合目です。**
<sub>ご ごう め</sub>

啊，已經走到一半了。
**あ、半分ですね。**
<sub>はん ぶん</sub>

日本的山從入口處到山頂不論高度共分為 10 個部份，叫做～合目（ごうめ）。

準備

入境、出境

移動

步行

過夜

飲食

**玩樂**

購物

解決

交流

八合目
<sub>はち ごう め</sub>
**八合目**

山頂
<sub>ちょうじょう</sub>
**頂上**

五合目
<sub>ご ごう め</sub>
**五合目**

一合目
<sub>いち ごう め</sub>
**一合目**

再走一點就到了，加油！
**後、もう 一息、頑張ろう！**
<sub>あと</sub> <sub>ひと いき</sub> <sub>がん ば</sub>

登山口
<sub>と ざん ぐち</sub>
**登山口**

山屋
<sub>やま ご や</sub>
**山小屋**

山谷
<sub>たに</sub>
**谷**

山麓
**ふもと**

稜線
<sub>お ね</sub>
**尾根**

登稜線
<sub>お ね づた</sub> <sub>のぼ</sub>
**尾根伝いに 登る**

## 登山用品

| 登山杖 **ストック・ステッキ** | 帽子<br><sub>ぼう し</sub><br>**帽子**  | 登山鞋<br><sub>と ざん ぐつ</sub><br>**登山靴**  |
|---|---|---|
| 水壺<br><sub>すい とう</sub><br>**水筒**  | 睡袋<br><sub>ね ぶくろ</sub><br>**寝袋**  | 防寒衣<br><sub>ぼう かん ぎ</sub><br>**防寒着**  |

開車可以開到哪裡？
**何合目まで 車で 行けますか？**

→

富士山可以開到
五合目。
**富士山は 五合目まで**
**車で 行けますよ。**

有纜車嗎？
**ケーブルカーが ありますか？**

沒穿登山鞋也爬得上這座山嗎？
**この 山は 登山靴じゃなくても 登れますか？**

可以租借登山用品嗎？
**登山用具は レンタル できますか？**

請救救我。
**助けてください。**

遇難
**遭難**

遇難了。
**遭難しました。**

在～合目。
**～合目です。**

有受傷的人。
**怪我人が います。**

被落石擊中了。
**落石に 当たりました。**

滑倒了。
**滑り落ちました。**

腳扭傷了。
**足を くじきました。**

遇到雪崩了。
**雪崩に 遭って しまいました。**

**遊樂場主要單字**

不好意思，想玩這個，請問該怎麼做？

**すみません。これで遊 (あそ) びたいんですけど、どうすればいいですか？**

| 遊樂場 **ゲームセンター・ゲーセン** | 兌幣機 **両替機 (りょうがえき)** | 獎牌遊戲 **メダルゲーム** 將現金變成獎牌的遊戲。 |

抓娃娃機 **UFO (ユーフォー) キャッチャー**

大頭貼 **プリクラ**

兌幣機 **メダル貸出し機 (かしだしき)** 把現金換成代幣的機器。

獎牌遊戲 **メダルゲーム** 將現金變成獎牌的遊戲。

太鼓達人 **太鼓 (たいこ) の 達人 (たつじん)** 跟隨音樂打鼓的遊戲。

體感遊戲 **体感 (たいかん) ゲーム**

オートバイ（摩托車）、自動車（じどうしゃ：汽車）、射撃（しゃげき）、つり（釣魚）等間接體驗的遊戲。

**娛樂相關問題**

已經投幣了，
**お金 (かね) を 入 (い) れたんですけど**

+

不會動。
**動 (うご) きません。**

沒有東西出來。
**何 (なに) も 出 (で) てきません。**

我是第一次,該怎麼玩呢?
**初めてなんですけど、どうすればいいんですか?**

| SLOT **スロット** | 柏青哥 **パチンコ** |
| --- | --- |

| 代幣 **コイン** | 小鋼珠 **玉** | 獎品 **景品** | 獎品兌換所 **景品交換所** |
| --- | --- | --- | --- |

| 中獎 **当たる** | 在柏青哥店贏了遊戲時,可在店內兌換獎品,但想換成現金(げんきん)時,必須在柏青哥外面的返金所(へんきんじょ)換錢。 |
| --- | --- |

| 小鋼珠盒 **ドル箱** | 贏了… **当たったんですが・・・** |
| --- | --- |

我贏了,在哪裡可以換呢?
**当たったんですけど・・・どこで換えますか?**

| 現金 **現金と** | 獎品 **景品と** |
| --- | --- |

**+**

我想換…
**交換したいんですけど・・・**

# 14 網咖 ネットカフェ

## 地點相關問題

這附近
### この近くに

網咖
### (インター)ネットカフェ

日本的網咖有 TV、保險箱、洗衣機、淋浴間等設施，也提供住宿，考慮到網路犯罪問題，日本人需申辦會員卡，外國人則必須出示護照。

漫畫咖啡店
### 漫画喫茶

女僕咖啡店
### メイドカフェ

\+

有嗎？
### はありますか？

## 店內相關問題

吃飯
### 食事をすること

攜帶外食
### 食べ物の持ち込み

\+

可以嗎？
### はできますか？

住宿
### 泊まること

錯過末班車
### 終電を逃す

| 24 小時營業 | 網路 | 飲料免費 |
|---|---|---|
| **24時間営業** | **インターネット** | **フリードリンク** |

身份證
身分証明書
<ruby>身<rt>み</rt></ruby><ruby>分<rt>ぶん</rt></ruby><ruby>証<rt>しょう</rt></ruby><ruby>明<rt>めい</rt></ruby><ruby>書<rt>しょ</rt></ruby>

護照
パスポート

**+**

請出示。
見せて ください。
<ruby>見<rt>み</rt></ruby>せて ください。

一小時多少錢？
一時間、いくらですか？
<ruby>一<rt>いち</rt></ruby><ruby>時<rt>じ</rt></ruby><ruby>間<rt>かん</rt></ruby>、いくらですか？

~ 個小時優惠包
~時間パック
~<ruby>時<rt>じ</rt></ruby><ruby>間<rt>かん</rt></ruby>パック

早上 ~ 個小時優惠包
モーニング~時間パック
モーニング~<ruby>時<rt>じ</rt></ruby><ruby>間<rt>かん</rt></ruby>パック

晚上 ~ 個小時優惠包
ナイト~時間パック
ナイト~<ruby>時<rt>じ</rt></ruby><ruby>間<rt>かん</rt></ruby>パック

| 個人室 | 保險庫 |
|---|---|
| 個室<br><ruby>こ<rt></rt></ruby><ruby>しつ<rt></rt></ruby> | 金庫<br><ruby>きん<rt></rt></ruby><ruby>こ<rt></rt></ruby> |

**網路相關問題**

網路無法連結。
ネットが つながりません。

文字變成亂碼。
文字化けします。
<ruby>文<rt>も</rt></ruby><ruby>字<rt>じ</rt></ruby><ruby>化<rt>ば</rt></ruby>けします。

可以輸入中文嗎？
中国語の 入力は できますか？
<ruby>中<rt>ちゅう</rt></ruby><ruby>国<rt>ごく</rt></ruby><ruby>語<rt>ご</rt></ruby>の <ruby>入<rt>にゅう</rt></ruby><ruby>力<rt>りょく</rt></ruby>は できますか？

**女僕咖啡店特殊用語**

歡迎光臨。
お帰りなさいませ。
お<ruby>帰<rt>かえ</rt></ruby>りなさいませ。

| 主人 | 小姐 |
|---|---|
| ご主人様<br>ご<ruby>主<rt>しゅ</rt></ruby><ruby>人<rt>じん</rt></ruby><ruby>様<rt>さま</rt></ruby> | お嬢様<br>お<ruby>嬢<rt>じょう</rt></ruby><ruby>様<rt>さま</rt></ruby> |
| 少爺 | 公主 |
| お坊ちゃま<br>お<ruby>坊<rt>ぼっ</rt></ruby>ちゃま | お嬢ちゃま<br>お<ruby>嬢<rt>じょう</rt></ruby>ちゃま |

準備
入境、出境
移動
步行
過夜
飲食
玩樂
購物
解決
交流

| 迪士尼樂園<br>ディズニーランド | 迪士尼海洋<br>ディズニーシー | 日本環球影城<br>ユニバーサル・スタジオ・ジャパン |
| --- | --- | --- |

有中文地圖嗎？
中国語の 地図、ありますか？

等待時間
待ち時間

現在要等多久呢？
後、どのくらい 待てば いいですか？

好恐怖！
怖かった！

**遊樂設施**

| 遊樂設施<br>アトラクション | 雲霄飛車<br>ジェットコースター | 摩天輪<br>観覧車 |
| --- | --- | --- |
| 好像快吐了！<br>吐きそう！ | 海盗船<br>バイキング | 旋轉馬車<br>メリーゴーランド |
| 感覺不舒服！<br>気持ち悪い！ | 空中鞦韆<br>空中ブランコ | 咖啡杯<br>コーヒーカップ |

| 鬼屋<br>幽霊屋敷 | 自由落體<br>フリーフォール | 啊~ 好像快死了。<br>あぁ～、死ぬかと 思った。 |
| --- | --- | --- |

| 遊行<br>パレード | Free Pass<br>フリーパス | 快速通關（Fast Pass）<br>ファストパス |
| --- | --- | --- |

## 迪士尼樂園 BEST 3

米奇魔法交響樂
（Mickey's PhilharMagic）
ミッキーのフィルハーマジック

巨雷山（Big Thunder Mountain）
ビックサンダー マウンテン

米奇公館會米奇（Mickey's House and Meet Mickey）
ミッキーの家とミート ミッキー

## 迪士尼海洋 BEST 3

致候吾友迎賓船塢（¡Saludos Amigos! Greeting Dock）
"サルードス・アミーゴス！" グリーティングドック

龜龜漫談
（Turtle Talk with Crush）
タートル・トーク

漁村迎賓小屋
（Village Greeting Place）
ヴィレッジ・グリーティングプレイス

## 日本環球影城 BEST 3

哈利波特禁忌之旅（Harry Potter and the Forbidden Journey）
ハリー・ポッター・アンド・ザ・フォービドゥン・ジャーニー

蜘蛛人驚魂歷險記 - 乘車遊
（The Amazing Adventures of Spider-man the Ride）
アメージング・アドベンチャー・オブ・スパイダーマン・ザ・ライド

好萊塢美夢 - 乘車遊（Hollywood Dream the Ride）
ハリウッド・ドリーム・ザ・ライド

# 16 觀光巴士 はとバス

**觀光巴士相關問題**

我想搭乘觀光巴士。

**はとバスに 乗りたいんです。**

| 有哪些路線呢？ | 要在哪裡預約呢？ |
|---|---|
| **どんな コースが ありますか？** | **予約は どこで しますか？** |

| 觀光巴士 | 市區觀光 | 半日遊 | 一日遊 |
|---|---|---|---|
| **はとバス** | **市内観光** | **半日コース** | **一日コース** |
| 夜間路線 | 下午出發 | 包含餐點 | ～巡迴 |
| **夜のコース** | **午後スタート** | **食事付き** | **～巡り** |

| 雙層巴士 | 雙層露天巴士 | 也有 Kitty 巴士！ |
|---|---|---|
| **二階建てバス** | **二階建てオープンバス** | **キティちゃんバスも ありますよ！** |

| 哪一條路線的巴士較好？ | 要花多久時間？ |
|---|---|
| **どちらの バスが いいですか？** | **何時間ですか？**<br>（参考 p.26） |
| 從幾點到幾點？ | 有小冊子的話，可以給我嗎？ |
| **何時から 何時までですか？** | **パンフレットが あったら もらえますか？** |

166

| 半日行程<br>はんにち<br>**半日コースで。** | 我要一日行程。<br>いちにち　　　　　　ねが<br>**一日コースで お願いします。** |

| 搭乗的<br>地方<br>の　ば<br>**乗り場** | 車票<br>じょうしゃけん<br>**乗車券** | 車資<br>りょうきん<br>**料金** |
|---|---|---|

**出發地點**

| 出發地<br>しゅっぱつち<br>**出発地** | 從哪裡出發？<br>　　　　　　　　しゅっぱつ<br>**どこから 出発しますか？** |

**出發時間**

| 出發時間<br>しゅっぱつ　じ　かん<br>**出発時間** |
|---|
| ~ 點 ~ 分出發。<br>しゅっぱつ　　じ　　ぶん<br>**出発は〜時〜分です。** |

**到達**

| 終點在 ~<br>しゅうりょう<br>**終了は〜になります。** |
|---|
| 會回到 ~ 車站嗎？<br>　えき　　　　　もど<br>**〜駅には 戻りませんか？** |

**集合時間**

| 集合時間<br>しゅうごう　じ　かん<br>**集合時間** | 集合場所<br>しゅうごう　ば　しょ<br>**集合場所** |
|---|---|

請在 ~ 點 ~ 分之前來這裡集合。
　　じ　　ぶん　　　　　　　　　　あつ
**〜時〜分までに ここに 集まって ください。**

請在 ~ 點 ~ 分回到車上。
　　じ　　ぶん　　　　　　　　　　もど
**〜時〜分までに バスに お戻り ください。**

# 17 購票 チケット購入<sup>こうにゅう</sup>

## 購票

| 票券 **チケット** | ＋ | 成人 **大人**<sup>おとな</sup> | 小孩 **子供**<sup>こども</sup> | ＋ | 1 張 **1枚**<sup>いちまい</sup> | 2 張 **2枚**<sup>にまい</sup> | 3 張 **3枚**<sup>さんまい</sup> |

入場券 **入場券**<sup>にゅうじょうけん</sup>

遊樂設施搭乘券 **乗り物券**<sup>のものけん</sup>

＋

| 購票處 **切符売り場**<sup>きっぷうば</sup> | 包含 **～込み**<sup>こ</sup> |

請給我 **ください。**

入場費 **入場料**<sup>にゅうじょうりょう</sup>

| 售完 **売り切れ**<sup>うき</sup> | 缺貨 **品切れ**<sup>しなぎ</sup> |

## 變更

我想取消…
**キャンセル したいんですけど・・・**

我想變更時間…
**時間を 変更したいんですが・・・**<sup>じかん</sup> <sup>へんこう</sup>

我想取消一張…
**一人分 キャンセル したいんですが・・・**<sup>ひとり ぶん</sup>

可以退票嗎？
**払い戻しは できますか?**<sup>はら もど</sup>

## 季節

| 春<br>はる<br>**春** | 夏<br>なつ<br>**夏** |
|---|---|
| 秋<br>あき<br>**秋** | 冬<br>ふゆ<br>**冬** |

## 天氣

| 天氣<br>てん き<br>**天気** | 天氣預報<br>てん き よ ほう<br>**天気予報** | 晴天<br>は<br>**晴れ** | 陰天<br>くも<br>**曇り** |
|---|---|---|---|
| 梅雨<br>つ ゆ<br>**梅雨** | 颱風<br>たい ふう<br>**台風** | 大雨<br>おお あめ<br>**大雨** | |

| 溫暖<br>あたた<br>**暖かい** |  |
|---|---|
| 熱<br>あつ<br>**暑い** | |
| 悶熱<br>む あつ<br>**蒸し暑い** | |
| 涼爽<br>すず<br>**涼しい** |  |
| 寒冷<br>さむ<br>**寒い** | 冷颼颼<br>はだ ざむ<br>**肌寒い** |

| 雨（下雨）<br>あめ ふ<br>**雨(が 降る)** |  |
|---|---|
| 雪（下雪）<br>ゆき ふ<br>**雪(が 降る)** |  |
| 風（起風）<br>かぜ ふ<br>**風(が 吹く)** |  |

| 晴轉陰<br>は くも<br>**晴れ のち 曇り** |   |
|---|---|
| 晴時多雲<br>は とき どき くも<br>**晴れ 時々 曇り** |  |

準備

入境、出境

移動

步行

過夜

飲食

**玩樂**

購物

解決

交流

| 照片<br><ruby>写真<rt>しゃしん</rt></ruby> | 照相<br><ruby>写真<rt>しゃしん</rt></ruby>を<ruby>撮<rt>と</rt></ruby>る | 要照囉！<br><ruby>撮<rt>と</rt></ruby>りますよ！ | 來，Cheese！<br>はい、チーズ！ |
|---|---|---|---|

## 要求幫忙照相

不好意思，可以幫忙照相嗎？
**すみませんが、<ruby>写真<rt>しゃしん</rt></ruby>を<ruby>撮<rt>と</rt></ruby>っていただけませんか？**

按這個鈕就可以了。
**この ボタンを <ruby>押<rt>お</rt></ruby>す だけでいいです。**

我想以那個城當背景照張相。
**あの <ruby>城<rt>しろ</rt></ruby>を バックに <ruby>撮<rt>と</rt></ruby>りたいんですけど。**

可以一起照張相嗎？
**<ruby>一緒<rt>いっしょ</rt></ruby>に <ruby>写真<rt>しゃしん</rt></ruby>を <ruby>撮<rt>と</rt></ruby>っていただけませんか。**

照片模糊了
**ブレたので**

眼睛閉起來了
**<ruby>目<rt>め</rt></ruby>を つぶったので**

+

可以再幫忙照一張嗎？
**もう <ruby>一枚<rt>いちまい</rt></ruby>、<ruby>お願<rt>ねが</rt></ruby>いします。**

可以在這裡照相嗎？

**ここで写真を撮ってもいいですか？**

---

可以開閃光燈嗎？

**フラッシュをつけてもいいですか？**

---

可以攝影嗎？

**ビデオ撮影してもいいですか？**

↓

好的，沒關係。

**はい、いいです。**

這裡禁止攝影。

**ここは撮影禁止です。**

↓

我想要寄照片…

**写真を送りたいんですが・・・**

可以告訴我郵件地址嗎？

**メールアドレスを教えていただけますか？**

# Trip8 購物 買<sub>か</sub>う

Trip8 **購物** 買う

左側欄：準備　入境、出境　移動　步行　過夜　飲食　玩樂　購物　解決　交流

01 商店

02 購物流程

03 結帳

04 禮物

05 衣類

06 美容

07 日用品

08 購物相關問題

**百貨公司**

| 百貨公司<br>デパート・百貨店 | 大丸<br>だいまる<br>大丸 | 三越<br>みつこし<br>三越 | 西武<br>せいぶ<br>西武 | 伊勢丹<br>いせたん<br>伊勢丹 |
|---|---|---|---|---|

| 阪急百貨<br>はんきゅうひゃっかてん<br>阪急百貨店 | SOGO<br>そごう | 高山屋<br>たかやまや<br>高山屋 | 京王百貨<br>けいおうひゃっかてん<br>京王百貨店 |
|---|---|---|---|

**電子產品**

| BIG CAMERA<br>ビックカメラ | 購物中心<br>ショッピングモール | AEON<br>イオン | 伊藤洋華堂<br>イトーヨーカドー |
|---|---|---|---|

| 百元商店<br>ひゃくえん<br>100円ショップ | 大創<br>ダイソー | 便利商店<br>コンビニ | 7-11<br>セブンイレブン |
|---|---|---|---|

**藥、化妝品、飲料等**

日本的便利商店雖然有廁所，但沒有座位。

| 藥妝店<br>ドラッグストア | | LAWSON<br>ローソン | FamilyMart<br>ファミリーマート |
|---|---|---|---|

| 超市<br>スーパー | 市場<br>いちば<br>市場 | 商店街<br>しょうてんがい<br>商店街 |
|---|---|---|

| 燈籠<br>ちょうちん<br>提灯  | ( 有拱廊 )<br>商店街<br>アーケード |
|---|---|

**書**

| 書店<br>しょてん<br>書店 | 書店<br>ほんや<br>本屋 | 紀伊國屋書店<br>きのくにやしょてん<br>紀伊国屋書店  | 三省堂書店<br>さんせいどうしょてん<br>三省堂書店 |
|---|---|---|---|

| BOOK-OFF<br>ブックオフ | 三洋堂（GEO）<br>ゲオ | 可租借或廉價購買ゲーム（遊戲）、古本（ふるほん：二手書）、CD等的地方。 | 賣場<br>ばいてん<br>売店 |
|---|---|---|---|

購物

01
商店

準備

入境、出境

移動

步行

過夜

飲食

玩樂

**購物**

解決

交流

**入口**

歡迎光臨
## いらっしゃいませ。

要找什麼呢？
## 何をお探しですか？

Yes

我想要~。
## ~が欲しいんですけど。

這個如何呢？
## これはいかがですか？

No

No | Yes

嗯，我再考慮看看。
## ウーン、ちょっと考えます。

我只是看看。
## 見てるだけです。

我以後再買。
## またにします。

嗯，沒關係。（拒絕）
## ウーン、いいです。

這種情況 いいです（沒關係）表示拒絕，但それでいいです（這個好）表示接受。

不錯呢！我要這個。
## いいですね。それにします。

# 03 結帳 計算 けいさん

## 價格

| 價錢<br>値段<br><small>ねだん</small> | 價格<br>価格<br><small>かかく</small> |
|---|---|
| 定價<br>定価<br><small>ていか</small> | |

## 折扣

| 超級<br>便宜<br>激安<br><small>げきやす</small> | 折扣<br>割引<br><small>わりびき</small> |
|---|---|
| 打折<br>値引き<br><small>ねび</small> | |
| 半價<br>半額セール<br><small>はんがく</small> | |
| 大拍賣<br>セール | |

30% 折扣<br>3割引<br><small>さんわりびき</small>

## 税金

| 消費税<br>消費税<br><small>しょうひぜい</small> | 税金包含<br>税込み<br><small>ぜいこ</small> | 税金另加<br>税別<br><small>ぜいべつ</small> | 不含 ~<br>~抜き<br><small>ぬ</small> |
|---|---|---|---|

包含消費税嗎？
**消費税込みですか？**
<small>しょうひぜいこ</small>

沒有，價格沒有包含税金。
**いいえ、税抜きの値段です。**
<small>ぜいぬ　　　ねだん</small>

加消費税共計 ~ 日圓。
**消費税が かかりまして 合計 ~円です。**
<small>しょうひぜい　　　　　　　　　ごうけい　　えん</small>

喔，好的。
**はい、そうです。**

## 例子

| AEON<br>イオン | PRICE<br>本体**100円**<br>（税込み108円） |
|---|---|

UNIQLO
ユニクロ

PRICE<br>**100円**<br>（税別）

無印良品
無印良品<br><small>むじるしりょうひん</small>

PRICE<br>**108円**<br>（税込み）

購物

02 購物流程

03 結帳

175

我要這個。
**これに します。**

→

謝謝。
**ありがとうございます。**

結帳方式呢？
**お支払<sub>しはら</sub>いは？**

↓

クレジット カード（信用卡）通常簡稱 カード。

| 信用卡 | 現金<br>げん きん | 旅行支票 |
|---|---|---|
| **カード** | **現金** | **トラベラーズチェック** |

+

我想用
**で お願<sub>ねが</sub>いします。**

信用卡結帳方式呢？
**カードの お支払<sub>しはら</sub>いは？**

→

| 一次付清<br>いっ かつ ばら | 分期付款<br>ぶん かつ ばら |
|---|---|
| **1括払い** | **分割払い** |
| 3 個月<br>さん か げつ | 6 個月<br>ろっ か げつ |
| **3ヶ月** | **6ヶ月** |

可以使用信用卡嗎？
**カード 使<sub>つか</sub>えますか？**

+

用 ~
**で。**

↓

| 很抱歉。<br>もう わけ<br>**申し訳ございません。** | 無法使用信用卡。<br>つか<br>**カードは お使いいただけません。** |
|---|---|
| 可以。<br>**はい。** | 可以使用。<br>つか<br>**お使いに なれます。** |

找零

おつり・お返し

找您 250 元。

250円の お返しで ございます。

にひゃくごじゅうえん / かえ

かえ

おつり和お返し是相同意思，お返し是在百貨公司常聽見的敬語。

收據

領収書

りょうしゅうしょ

發票

レシート

レシート是商店收銀機列印的收據，領収書（りょうしゅうしょ）是指用手寫的收據，因此若要求領収書，店員會詢問姓名，如果無特別聲明，店家多會填寫上様（うえさま）。

YOUR RECEIPT
Thank you
Call again

めざましグッズ ストリート

TEL：
返品・交換の際は
レシートが必要になります
08年 7月 21日 （月） 020021

0112フラワー安藤忠 ¥2,500
4562261071015
0109フラワー安藤忠 ¥2,500
4562261071022 ¥5,000

大名是？

お名前は・・・？

な まえ

姓名寫「上様」沒關係嗎？

お名前は 上様で よろしいですか？

な まえ    うえ さま

（さま：對對方的尊稱）

寫「上様」。

上様で。

うえ さま

對，寫「上様」。

はい、上様で。

うえ さま

領収書

上様

要送禮的嗎？

プレゼントですか？

要帶回家的嗎？

ご自宅用ですか？

じ たく よう

包裝

包んで

つつ

放入袋子

袋に 入れて

ふくろ  い

再一個袋子

袋、もう一枚

ふくろ    いち まい

分開包裝

別々に 包んで

べつ べつ   つつ

＋

請

ください。

購物

03
結
帳

## 更換、退貨

| 交換<br>こうかん<br>**交換** | 更換<br>とりか<br>**取替え** | 退貨<br>へんぴん<br>**返品** | + | 可以嗎？<br>**できますか？** |
|---|---|---|---|---|

要更換成其他物品用交換；物品有瑕疵要換一個時用取替え，若要退貨則用返品。

Yes<br>No

| 10 天<br>とおか<br>**十日** | 一週<br>いっしゅうかん<br>**一週間** |
|---|---|

抱歉，無法進行。

**申し訳ございません。できかねます。**

**+**

~ 以內帶收據來就可以。

**以内に レシートと 一緒に お持ち いただければ 可能です。**
（いない）（いっしょ）（も）（かのう）

謝謝。

**ありがとうございました。**

| 謝謝<br>光臨！<br>まいど<br>**毎度!** | 謝謝每次的光臨。<br>まいど<br>**毎度、ありがとうございます。** |
|---|---|

請再度光臨。

**また お越し くださいませ。**
（こ）

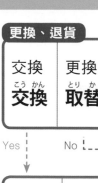

## 推薦禮物

同事
かいしゃ ひと
会社の人

母親
かあ
お母さん

朋友
とも だち
友達

孩子
こ ども
子供

＋

的禮物，哪一種好呢？
みやげ
へのお土産なんですが、どんなのが
いいですか？

的禮物，可以推薦一些嗎？
みやげ
へのお土産なんですが、おすすめは
ありますか？

這個地方的特產哪種好呢？
ち ほう みやげ なに
この地方のお土産として何がいい
ですか？

500元左右的。
ごひゃく えん
500円ぐらいで。

風鈴
ふう りん
風鈴

木雕玩偶
こけし

## 受歡迎的日本禮物

麵包超人蚊蟲
止癢貼片

ムヒパッチ

止癢液
えき たい
ムヒ液体

蚊蟲叮咬
むし さ
虫刺され

止癢藥
ど
かゆみ止め

和菓子
わ がし
和菓子

大田胃酸
<ruby>大田胃酸<rt>おお た い さん</rt></ruby>

喝太多了
<ruby>飲<rt>の</rt></ruby>みすぎ

胃食道逆流
<ruby>胸<rt>むね</rt></ruby>やけ

胃脹氣
<ruby>胃<rt>い</rt></ruby>の<ruby>不快感<rt>ふ かい かん</rt></ruby>に

克潰精
キャベジン

含高麗菜精的胃腸藥。

胃腸藥
<ruby>胃腸薬<rt>い ちょう やく</rt></ruby>・<ruby>胃薬<rt>い ぐすり</rt></ruby>

ROIHI-TSUBOKO
穴位貼布
ロイヒ<ruby>つぼ<rt>こう</rt></ruby><ruby>膏<rt></rt></ruby>
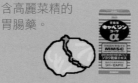

減輕疼痛
つらい<ruby>痛<rt>いた</rt></ruby>みにスーッと<ruby>効<rt>き</rt></ruby>く

肩痠痛
<ruby>肩<rt>かた</rt></ruby>こり

腰痠痛
<ruby>腰痛<rt>よう つう</rt></ruby>に

cool(涼感)
クール

Aibon 洗眼液
アイボン

預防眼部疾病
<ruby>眼病予防<rt>がん びょう よ ぼう</rt></ruby>に

摘掉隱形眼鏡後
コンタクトを<ruby>外<rt>はず</rt></ruby>した<ruby>後<rt>あと</rt></ruby>に

指甲刀
## つめきり・爪切り

絲襪
## ストッキング

退熱貼
## 熱さまシート

冷敷凝膠片
## 冷えピタ

持續退熱小顆粒
## 冷感持続ツブ

熱救急
## 熱救急シート

撒隆巴斯
## サロンパス

不刺激皮膚
## 肌に やさしい

普通尺寸
## レギュラーサイズ

不輕易脫落

## はがれ にくい

不阻塞,對皮膚溫和
## ムレが なく 肌に やさしい

招財貓
## 招き猫

（小腿）等
## 足(ふくらはぎ) などに

店家為求生意興旺而擺設的招財貓。

準備
入境、出境
移動
步行
過夜
飲食
玩樂
購物
解決
交流

服飾店在哪裡？
**服売り場は どこですか？**
ふく　う　ば

| 女性用<br>**女性用**<br>じょ せい よう | 男性用<br>**男性用**<br>だん せい よう | 小孩用<br>**子供用**<br>こ ども よう |
| --- | --- | --- |

**衣服種類**

| 套裝（男女）<br>**スーツ**  | 西裝<br>**背広**<br>せ びろ  | 短夾克<br>**ジャケット** | 運動夾克<br>**ジャンパー** |
| --- | --- | --- | --- |
| 羽絨衣<br>**ダウンジャケット**  | | 背心<br>**ベスト** | 毛衣<br>**セーター**  |
| 開襟毛衣<br>**カーディガン** | 連身洋裝<br>**ワンピース**  | 泳衣<br>**水着**<br>みず ぎ |  |
| 罩衫<br>**ブラウス** | T恤<br>**Tシャツ** | 穿～（上衣）<br>**を 着る**<br>き | 女性泳衣用着る，男性的是泳褲，因此用履く。 |

| 長袖<br>**長袖**<br>なが そで  | 短袖<br>**半袖**<br>はん そで  | 無袖<br>**ノースリーブ** | |
| --- | --- | --- | --- |
| 短褲<br>**半ズボン**<br>はん  | 長褲<br>**長ズボン**<br>なが  | 無袖運動衫<br>（女性）<br>**タンクトップ** | 運動背心<br>（男性）<br>**ランニングシャツ** |

| 褲子 | 牛仔褲 | 牛仔褲 | 裙子 |
|---|---|---|---|
| ズボン | ジーンズ | ジーパン | スカート |

| 襪子 | 絲襪 | 內衣 | 四角褲 |
|---|---|---|---|
| <ruby>靴<rt>くつ</rt></ruby><ruby>下<rt>した</rt></ruby> | ストッキング | <ruby>下<rt>した</rt></ruby><ruby>着<rt>ぎ</rt></ruby> | トランクス |

| 男性泳褲 | 穿～（下半身） |
|---|---|
| <ruby>海水<rt>かいすい</rt></ruby>パンツ・<ruby>海<rt>かい</rt></ruby>パン | を<ruby>履<rt>は</rt></ruby>く |

**帽子**

| 帽子 | 棒球帽 | 帽子 | 草帽 |
|---|---|---|---|
| <ruby>帽子<rt>ぼうし</rt></ruby> | <ruby>野球帽<rt>やきゅうぼう</rt></ruby> | キャップ(<ruby>帽<rt>ぼう</rt></ruby>) | <ruby>麦<rt>むぎ</rt></ruby>わら<ruby>帽子<rt>ぼうし</rt></ruby> |

| 可以試戴看看嗎？ | 戴～（帽子） |
|---|---|
| かぶって みても いいですか？ | を かぶる |

| 帽簷 | 長的 | 短的 | 寬的 |
|---|---|---|---|
| つばが | <ruby>長<rt>なが</rt></ruby>い | <ruby>短<rt>みじか</rt></ruby>い | <ruby>広<rt>ひろ</rt></ruby>い |
| | 有 | 沒有 | 我喜歡～。 |
| | ある | ない | のが いいです。 |

## 手套

| 手套<br>**手袋**<br><small>て ぶくろ</small>  | 連指手套<br>**ミトン**  | 戴～（手套）<br>**をはめる** |  |

## 圍巾

| 領巾<br>**スカーフ**  | 圍巾<br>**マフラー**  | 圍～（圍巾）<br>**を巻く**<br><small>ま</small> |  |

## 領帶

| 領帶<br>**ネクタイ** | 繫～<br>**を結ぶ**<br><small>むす</small> | 皮帶<br>**ベルト** | 繫～<br>**を締める**<br><small>し</small> |

| 二手衣<br>**古着**<br><small>ふる ぎ</small>  | 二手衣商店<br>**古着屋**<br><small>ふる ぎ や</small> | 舊衣物<br>**ビンテージ・ヴィンテージ** |

## 其他

| 手帕<br>**ハンカチ**  | 手機吊飾<br>**ストラップ**  |
| 鑰匙圈<br>**キーホルダー**  | 名片夾<br>**名刺入れ**<br><small>めい し い</small>  |

喜歡哪種顏色呢？

**どんな 色が よろしいですか？**

可以省略色（いろ：顔色）。

| 白色<br>**白色** | 黑色<br>**黒色** | 紅色<br>**赤色** | 黃色<br>**黄色** | 綠色<br>**緑色** | 灰色<br>**灰色** |
|---|---|---|---|---|---|
| 紫色<br>**紫色** | 藍靛色<br>**紺色** | 藍色<br>**青色** | 黃綠色<br>**黄緑色** | 粉色系<br>**パステルカラー** | |
| 粉紅・桃紅<br>**ピンク・桃色** | | 橘色<br>**オレンジ・橙色** | | 米色<br>**ベージュ・肌色** | |

沒有其他顏色嗎？

**他の 色は ありませんか？**

→No

| 沒有。<br>**ありません。** | 沒有。<br>**ございません。** |
|---|---|
| 只有這個顏色。<br>**この 色しか ありません。** | |

↓Yes

| 有。<br>**あります。** | 有。<br>**はい、ございます。** |
|---|---|
| 有黑色和白色。<br>**黒と 白が あります。** | |

## 布料種類

| 棉<br>めん<br>**綿** | 麻<br>あさ<br>**麻** | 人造棉<br>**レーヨン** | 絲<br>**シルク** | 羊毛<br>**ウール** |
|---|---|---|---|---|
| 聚酯纖維<br>**ポリエステル** | 皮革<br>かわ<br>**革**  | 尼龍纖維<br>**ナイロン** | | |

## 更衣室

可以試穿嗎？
**着てみても いいですか？**

↓

請在那邊（試穿）。
**あちらで どうぞ。**

| 真的<br>ほん とう<br>**本当に** | 非常<br>**とても** |
|---|---|

很適合您。
**よく お似合いですね。**

## 尺寸

如何呢？
**いかがですか？**

我喜歡。
き い
**気に 入りました。**

| 很不錯。<br>**ちょうどいいです。** | 剛剛好。<br>**ぴったりですね。** |
|---|---|

| 一點<br>**ちょっと** | + | 大<br><sub>おお</sub><br>**大きいです。** |  | 小<br><sub>ちい</sub><br>**小さいです。** |
|---|---|---|---|---|

|  | 長<br><sub>なが</sub><br>**長いです。** | 短<br><sub>みじか</sub><br>**短いです。** |  |
|---|---|---|---|

| 太緊<br>**きついです。** | 鬆<br>**ゆるいです。** | 花俏<br><sub>は で</sub><br>**派手です。** |  | 樸素<br><sub>じ み</sub><br>**地味です。** |
|---|---|---|---|---|

| 更<br>**もっと** | + | 大尺寸<br><sub>おお</sub><br>**大きい サイズ** | 明亮的顔色<br><sub>あか</sub> <sub>いろ</sub><br>**明るい 色** |
|---|---|---|---|
| 再～一點<br>**もうちょっと** | | 小尺寸<br><sub>ちい</sub><br>**小さい サイズ** | 沉穩的顔色<br><sub>お</sub> <sub>つ</sub> <sub>いろ</sub><br>**落ち着いた 色** |

+

**設計**

| 其他的設計<br><sub>ほか</sub><br>**他の デザイン** | + | 沒有嗎？<br>**ありませんか？** |  |
|---|---|---|---|
| 其他的顔色<br><sub>ほか</sub> <sub>いろ</sub><br>**他の 色** | | 有嗎？<br>**ありますか？** | |

## 皮包

有附輪子的皮箱嗎？

**コロコロが付いてる カバン、ありますか？**

| 又輕又堅固的<br>**軽くて 丈夫な** | 有輪子的皮箱<br>**キャスター付き・コロコロ付き** |
| --- | --- |

| 皮包<br>**カバン** | 背包<br>**バッグ**  | 旅行皮箱．手提箱<br>**スーツケース・トランク・キャリー** |
| --- | --- | --- |

| 旅行袋<br>**ボストンバッグ**  | 側背包<br>**ショルダーバッグ**  |
| --- | --- |

背在肩膀上的全部都叫 ショルダーバッグ。

| 手提包<br>**手提げ カバン** | 用手提或掛在手腕上<br>的叫手提げカバン。 | 手提包<br>**ハンドバッグ**  |
| --- | --- | --- |

| 大手提包<br>**トートバッグ** | 化妝包<br>**ポーチ**  | 購物袋<br>**エコバッグ**  |
| --- | --- | --- |

| 購物塑膠袋<br>**買い物袋**  | 公事包<br>**ビジネスバッグ・書類バッグ**  |
| --- | --- |

| 皮夾<br>**財布**<br><ruby>財<rt>さい</rt></ruby><ruby>布<rt>ふ</rt></ruby> | 長皮夾<br>**長財布**<br><ruby>長<rt>なが</rt></ruby><ruby>財<rt>ざい</rt></ruby><ruby>布<rt>ふ</rt></ruby> |  | 短皮夾<br>**折りたたみ財布**<br><ruby>折<rt>お</rt></ruby>りたたみ<ruby>財<rt>さい</rt></ruby><ruby>布<rt>ふ</rt></ruby> |  |
|---|---|---|---|---|
| 零錢包<br>**小銭入れ**<br><ruby>小<rt>こ</rt></ruby><ruby>銭<rt>ぜに</rt></ruby><ruby>入<rt>い</rt></ruby>れ | 零錢包<br>**がま口財布**<br>がま<ruby>口<rt>ぐち</rt></ruby><ruby>財<rt>さい</rt></ruby><ruby>布<rt>ふ</rt></ruby> | 打開時，錢包開口與がま（蟾蜍）很像，因而得名，蟾蜍原來叫做かえる。 | |  |

## 鞋子

| 可以試穿看看嗎？<br>**履いて みても いいですか？**<br><ruby>履<rt>は</rt></ruby>いて みても いいですか？ | 請給我看看又輕又方便的鞋子。<br>**軽くて 楽な 靴を 見せて ください。**<br><ruby>軽<rt>かる</rt></ruby>くて <ruby>楽<rt>らく</rt></ruby>な <ruby>靴<rt>くつ</rt></ruby>を <ruby>見<rt>み</rt></ruby>せて ください。 |
|---|---|

| 鞋子<br>**履物**<br><ruby>履<rt>はき</rt></ruby><ruby>物<rt>もの</rt></ruby> | 鞋子<br>**靴**<br><ruby>靴<rt>くつ</rt></ruby>  | 平底鞋<br>**ローファー** | 高跟鞋<br>**ハイヒール**  |
|---|---|---|---|
| 拖鞋式女鞋<br>**ミュール**<br>後跟沒有帶子的女鞋。 | 涼鞋<br>**サンダル**<br>後跟有帶子的鞋。 | | 馬靴<br>**ブーツ**  |
| 運動鞋<br>**スニーカー** 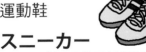<br>鞋底是橡膠材質的運動鞋。 | 有跟女鞋<br>**パンプス** | 沒有帶子的寬口皮鞋  | |
| 海灘鞋<br>**ビーチサンダル** | 夾腳拖<br>**ゴム草履**<br>ゴム<ruby>草<rt>ぞう</rt></ruby><ruby>履<rt>り</rt></ruby>  | | 草屐<br>**草履**<br><ruby>草<rt>ぞう</rt></ruby><ruby>履<rt>り</rt></ruby>  |

## 飾品

變得很時尚。

**おしゃれな デザインですね。**

可以試戴嗎？

**付けて みても いいですか？**

| 項鍊 | 頸圈 |
|---|---|
| **ネックレス** | **チョーカー** |
| 夾式耳環　不用穿耳洞的耳環。 | 耳環　穿耳洞的耳環。 |
| **イヤリング**  | **ピアス** |
| 手環 | 胸針 |
| **ブレスレット** | **ブローチ** |

## 寶石種類

| 鑽石 | |
|---|---|
| **ダイヤ(モンド)** |  |

| 珍珠 | 紅寶石 |
|---|---|
| しん じゅ | |
| **真珠** | **ルビー** |

| 綠寶石 | |
|---|---|
| **エメラルド** |  |

| 天然石 | 藍寶石 |
|---|---|
| てん ねん せき | |
| **天然石** | **サファイア** |

| 真品 | 人工寶石 |
|---|---|
| ほん もの | |
| **本物** | **イミテーション** |

雖然人工鑽石是キュービックジルコニアー，但一般更常用イミテーション。

## 髮飾

| 髮夾 | BB夾 | 彈力夾 |
|---|---|---|
| **ヘアピン**  | **パッチン止め** | **バレッタ** |
| 大腸圈 | 髮圈 | 髮帶 |
| **シュシュ** | **カチューシャ**  | **ヘアバンド** |

## 化妆品

| | | |
|---|---|---|
| 化妆品<br><ruby>化粧品<rt>け しょう ひん</rt></ruby> | 乳液<br>**ローション・乳液**<ruby><rt>にゅう えき</rt></ruby> | 化妆水<br><ruby>化粧水<rt>け しょう すい</rt></ruby>  |
| 爽膚水<br>**トナー** | 精華液<br>**美容液**<ruby><rt>び よう えき</rt></ruby>  | 保濕霜<br><ruby>保湿<rt>ほ しつ</rt></ruby>**クリーム** |
| 保養霜<br><ruby>栄養<rt>えい よう</rt></ruby>**クリーム** | 腮紅<br>**チーク**  | 眼影<br>**アイシャドウ**  |
| 口紅<br>**リップ・口紅**<ruby><rt>くち べに</rt></ruby>  | 吸油面紙<br><ruby>油取<rt>あぶら と</rt></ruby>り<ruby>紙<rt>かみ</rt></ruby>  | |
| 防曬品<br><ruby>日焼<rt>ひ や</rt></ruby>け<ruby>止<rt>ど</rt></ruby>め | 防曬霜<br><ruby>日焼<rt>ひ や</rt></ruby>け<ruby>止<rt>ど</rt></ruby>め**クリーム**  | |
| 指甲<br>**ネイル**  | 香水<br><ruby>香水<rt>こう すい</rt></ruby>  | 慕斯<br>**ヘアムース**  |

**保養品**

| 液狀<br>リキッド・液体（えきたい） | **保養品**<br>ファンデーション |

+

| 粉狀<br>パウダー・粉（こな） |

| 滋潤型<br>しっとり タイプ | 清爽型<br>さっぱり タイプ |

| 乳霜<br>クリーム | 隔離霜<br>下地（したじ）クリーム | BB 霜<br>B・Bクリーム |

**美容工具**

| 睫毛膏<br>マスカラ | 睫毛夾<br>ビューラー | 雙眼皮專用<br>二重（ふたえ）まぶた用（よう） |

| 假睫毛<br>付（つ）けまつげ |  | 貼雙眼皮專用<br>二重（ふたえ）メイク用（よう） |

+

| 膠<br>のり |

| 貼紙<br>シール |

| 離子夾<br>ストレートアイロン | 吹風機<br>ドライヤー  |

## 皮膚

您是哪種肌膚？
なに はだ
**何肌ですか？**

| 乾性皮膚<br>かん そう はだ<br>**乾燥肌** | 油性皮膚<br>あぶらしょう はだ<br>**脂性肌** | 一般皮膚<br>ふ つう はだ<br>**普通肌** |
|---|---|---|

敏感性皮膚
びん かん はだ
**敏感肌**

混和型皮膚
こん ごう はだ
**混合肌**

+

適合～

**にいいですよ。**

---

## 功效

| 皺紋<br>しわ<br>**皺**  | 雀斑<br>**シミ**  | 青春痘<br>**ニキビ**  |
|---|---|---|
| 美白<br>び はく<br>**美白**  | 暗沉<br>**くすみ**  | 鬆弛<br>**たるみ**  |

| 鬆弛的肌膚<br>はだ<br>**肌の たるみ** | 暗沉肌膚<br>はだ<br>**肌の くすみ** |
|---|---|

+

適合～

**にいいですよ。**

準備

入境、出境

移動

步行

過夜

飲食

玩樂

購物

解決

交流

## 沐浴用品

| 牙刷<br>**歯ブラシ**  | 牙膏<br>**歯磨き粉**  | 洗髮精<br>**シャンプー**  |
|---|---|---|

| 潤髮乳<br>**リンス** | 護髮乳<br>**トリートメント**  | 洗臉<br>**洗顔** |
|---|---|---|

| 洗面乳<br>**クレンジング** | 卸妝乳<br>**化粧落とし・クレンジングクリーム** |
|---|---|

| 用水洗的方式<br>**洗い流す タイプ** | 用擦的方式<br>**ふき取り タイプ**  | 肥皂<br>**石鹸** |
|---|---|---|

| 可以用水洗<br>**水洗いOK** | 卸妝紙巾<br>**水クレンジング シート** |  46 張<br>**46枚** |
|---|---|---|

## 香菸

| 香菸<br>**たばこ・タバコ・煙草**  | 火柴<br>**マッチ** |
|---|---|
| 打火機<br>**ライター** | 菸灰缸<br>**灰皿** |

## 洗臉用具

| 刮鬍刀<br>ひげ そ<br>**髭剃り**  | 除毛刀<br>かみ そり<br>**剃刀**  | 女性用<br>よう<br>**レディース用**  |
| --- | --- | --- |

| 鼻毛・耳毛剪刀<br>はな げ みみ げ よう はさみ<br>**鼻毛・耳毛用の鋏**  | 修眉刀<br>まゆ げ<br>**眉毛カッター**  |
| --- | --- |

| 指甲刀<br>つめ<br>**爪きり**  | 衛生棉<br>せい り よう<br>**生理用ナプキン**  | 3 個入<br>さん ぼん い<br>**3本入り** |
| --- | --- | --- |

| 棉花棒<br>めん ぼう<br>**綿棒**  | 毛巾<br>**タオル**  | 浴巾<br>**バスタオル**  |
| --- | --- | --- |

## 文具類

| 油性<br>ゆ せい<br>**油性** | 水性<br>すい せい<br>**水性** |
| --- | --- |
| 滑潤<br>なめ<br>**滑らか** | 很多<br>顔色<br>た しょく<br>**多色** |

| 原子筆<br>**ボールペン** | 筆<br>**ペン** | 鉛筆<br>えん ぴつ<br>**鉛筆** | 橡皮擦<br>け<br>**消しゴム** |
| --- | --- | --- | --- |
| 麥克筆<br>**マジック** | LED 原子筆<br>つ<br>**LED付きボールペン** | | |

| 透明膠帶<br>**セロ(ハン)テープ** 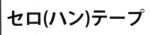 | 便利貼<br>ふ せん<br>**ポストイット・付箋** 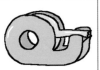 |
| --- | --- |

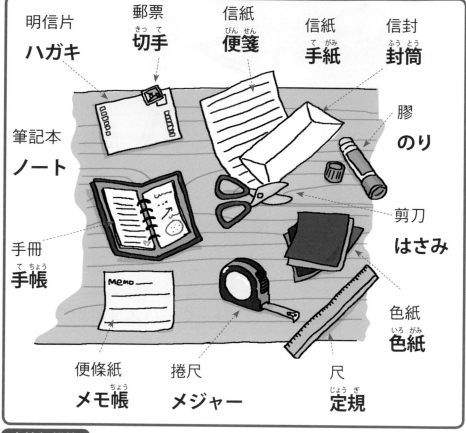

明信片
**ハガキ**

郵票
きって
**切手**

信紙
びんせん
**便箋**

信紙
てがみ
**手紙**

信封
ふうとう
**封筒**

膠
**のり**

筆記本
**ノート**

手冊
てちょう
**手帳**

剪刀
**はさみ**

色紙
いろがみ
**色紙**

便條紙
メモちょう
**メモ帳**

捲尺
**メジャー**

尺
じょうぎ
**定規**

## 水性色鉛筆

水性色鉛筆
すいさいえんぴつ
**水彩鉛筆**

STAEDTLER
**ステッドラー**

Tombow
**トンボ**

24 色
にじゅうよんしょく
**24色**

沾水筆
すいひつ
**水筆ペン**

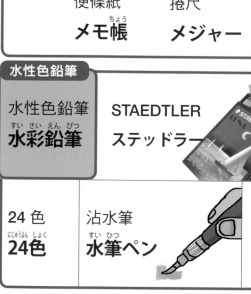

Faber-Castell
**ファーバーカステル**

## 結帳

結帳金額不對……
**計算が 合わないんですけど・・・**

收據
**レシート**

這是什麼錢？
**このお金は 何ですか？**

錢呢？
**お金は・・・？**

我沒有買這個……
**これ、買ってないんですけど・・・**

已經付了。
**もう 払いました。**

## 有效期限

有限期限到什麼時候？
**賞味期限は いつまで ですか？**

可以放到什麼時候？
**どれくらい 持ちますか？**

回台灣後請放冷藏。
**台湾に 帰って 冷凍庫に 入れてください。**

可以放一星期。
**一週間持ちますよ。**

回台灣後放冷藏，可以放多久？
**台湾に 帰って 冷蔵庫に 入れれば どのくらい 持ちますか？**

開封後請儘快吃完。
**開封後は 早めに 召し上がって ください。**

Trip9 **解決** 解決 <sub>かい けつ</sub> する

不好了！我的錢包不見了。

**大変 <sub>たい へん</sub> です！財布 <sub>さい ふ</sub> が 無 <sub>な</sub> くなりました。**

## 醫院主要單字

| | | |
|---|---|---|
| 醫院<br>びょういん<br>**病院**  | 藥局<br>くすり や やっきょく<br>**薬屋・薬局** | 醫生<br>い しゃ<br>**医者**  |
| 護理師<br>かん ご し<br>**看護師**  | 病人<br>かん じゃ<br>**患者**  | 牙科醫生<br>は い しゃ<br>**歯医者** |

## 醫院

| | | |
|---|---|---|
| 內科<br>ない か<br>**内科** | 外科<br>げ か<br>**外科** | 牙科<br>し か<br>**歯科**  |
| 小兒科<br>しょう に か<br>**小児科** | 耳鼻喉科<br>じ び か<br>**耳鼻科** | 泌尿科<br>ひ にょう き か<br>**泌尿器科** |
| 皮膚科<br>ひ ふ か<br>**皮膚科** | 眼科<br>がん か<br>**眼科** | 精神科<br>せい しん か<br>**精神科** |
| 整形外科<br>せい けい げ か<br>**整形外科** | 婦產科<br>さん ふ じん か<br>**産婦人科**  | 急診室<br>きゅうきゅうびょう いん<br>**救急病院** |

# 02 身體 身体

| 頭<br>あたま<br>頭 | 牙歯<br>は<br>歯 | 肚子<br>なか<br>お腹 | 這裡<br>ここ | + | 很痛<br>いた<br>が痛いです。 |
|---|---|---|---|---|---|

**身體**

| 嘴巴 <sub>くち</sub>口 | 舌頭 <sub>した</sub>舌 | 眼睛 <sub>め</sub>目 | 眉毛 <sub>まゆ</sub>眉 | 耳朵 <sub>みみ</sub>耳 | 頭 <sub>あたま</sub>頭 |
|---|---|---|---|---|---|

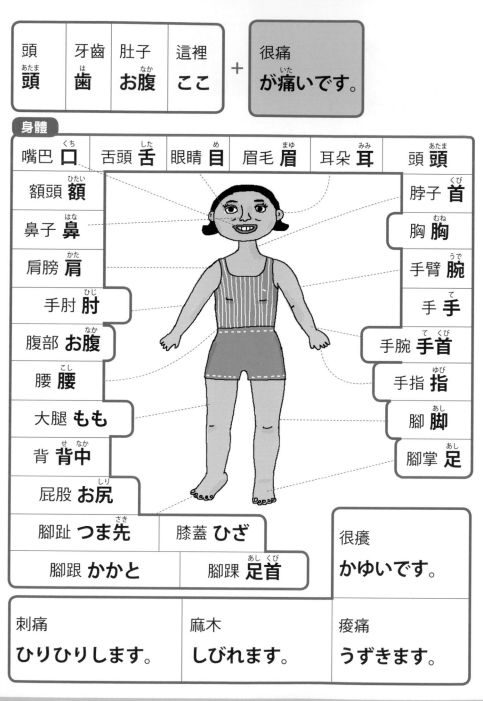

- 額頭 <sub>ひたい</sub>額
- 鼻子 <sub>はな</sub>鼻
- 肩膀 <sub>かた</sub>肩
- 手肘 <sub>ひじ</sub>肘
- 腹部 <sub>なか</sub>お腹
- 腰 <sub>こし</sub>腰
- 大腿 もも
- 背 <sub>せなか</sub>背中
- 屁股 <sub>しり</sub>お尻

- 脖子 <sub>くび</sub>首
- 胸 <sub>むね</sub>胸
- 手臂 <sub>うで</sub>腕
- 手 <sub>て</sub>手
- 手腕 <sub>てくび</sub>手首
- 手指 <sub>ゆび</sub>指
- 脚 <sub>あし</sub>脚
- 脚掌 <sub>あし</sub>足

| 脚趾 <sub>さき</sub>つま先 | 膝蓋 ひざ |
|---|---|
| 脚跟 かかと | 脚踝 <sub>あしくび</sub>足首 |

| 很癢<br>かゆいです。 |
|---|

| 刺痛<br>ひりひりします。 | 麻木<br>しびれます。 | 痠痛<br>うずきます。 |
|---|---|---|

| 喉嚨 喉<br>（のど） | 骨骼 骨<br>（ほね） |
| --- | --- |
| 心臓 **心臓**<br>（しん ぞう） | |
| 腸 **腸**<br>（ちょう） | |
| 大腸 **大腸**<br>（だい ちょう） | |
| 小腸 **小腸**<br>（しょうちょう） | |

| 肺 **肺**<br>（はい） |
| --- |
| 胃 **胃**<br>（い） |
| 腎臓 **腎臓**<br>（じん ぞう） |
| 盲腸 **盲腸**<br>（もう ちょう） |
| 膀胱 **膀胱**<br>（ぼう こう） |

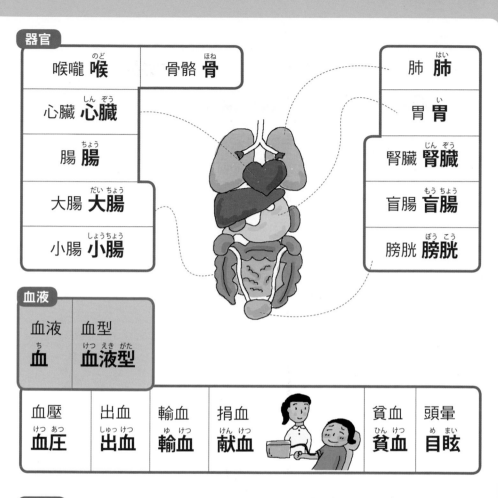

**血液**

| 血液<br>ち<br>**血** | 血型<br>けつ えき がた<br>**血液型** |
| --- | --- |

| 血壓<br>けつ あつ<br>**血圧** | 出血<br>しゅっけつ<br>**出血** | 輸血<br>ゆ けつ<br>**輸血** | 捐血<br>けんけつ<br>**献血** | | 貧血<br>ひんけつ<br>**貧血** | 頭暈<br>め まい<br>**目眩** |
| --- | --- | --- | --- | --- | --- | --- |

**疾病**

| 高血壓<br>こう けつ あつ<br>**高血圧** | 糖尿病<br>とう にょうびょう<br>**糖尿病** | 氣喘<br>ぜん そく<br>**喘息** | 過敏體質<br>たい しつ<br>**アレルギー体質** |
| --- | --- | --- | --- |

| 懷孕中<br>にん しん ちゅう<br>**妊娠中** | 流行性感冒<br>**インフルエンザ** | 病毒<br>**ウィルス** |
| --- | --- | --- |

# 03 生病 病気（びょうき）

準備

入境、出境

移動

歩行

過夜

飲食

玩樂

購物

解決

交流

## 感冒

| 發燒 | 感冒 | 頭痛 |
|---|---|---|
| 熱（ねつ） | 風邪（かぜ） | 頭痛（ずつう） |

發燒了。
熱（ねつ）が あります。

無法退燒。
熱（ねつ）が 下（さ）がりません。

喉嚨刺痛。
喉（のど）が ヒリヒリします。

咳嗽咳不停。
咳（せき）が 止（と）まりません。

鼻塞了，很不舒服。
鼻（はな）が 詰（つ）まって 苦（くる）しいです。

## 腹瀉

消化不良
胃（い）もたれ

吃太多
食（た）べすぎ

作嘔
吐（は）き気（け）

食物中毒
食中毒（しょくちゅうどく）・食当（しょくあ）たり

拉肚子
下痢（げり）

便祕
便秘（べんぴ）

肚子不舒服 ( 胃灼熱 )
胸焼（むねや）けが しています。

反胃想吐
胸（むね）が むかむかします。

我吃壞肚子了。
お腹（なか）を 壊（こわ）しました。

我好像快吐了。
吐（は）きそうです。

拉肚子很嚴重。
下痢（げり）が ひどいんです。

| 傷口<br>怪我<br><small>け が</small> | 扭傷<br>捻挫<br><small>ねん ざ</small> | 骨折<br>骨折<br><small>こっ せつ</small> |
|---|---|---|
| 蕁麻疹<br>蕁麻疹<br><small>じん ま しん</small> |  | 燙傷<br>やけど |

在日本若不是太嚴重的小病，沒有醫生的處方籤也可以買到普通成藥、化妝品、健康食品、飲料等各種商品的地方，就是藥妝店。

附近有藥妝店嗎？
**近くに ドラッグストア**
**ありますか?**
<small>ちか</small>

我燙傷了。
**やけど しました。**

我受傷了。
**怪我を しました。**
<small>け が</small>

我被蟲咬了。
**虫に 刺されました。**
<small>むし さ</small>

扭到了。
**くじきました。**

急診室在哪裡？
**救急病院は どこです**
**か？**
<small>きゅうきゅうびょう いん</small>

請送我去醫院。
**病院に 連れて 行って**
**ください。**
<small>びょういん つ い</small>

請幫我叫救護車。
**救急車を 呼んで くだ**
**さい。**
<small>きゅうきゅうしゃ よ</small>

| 保險<br>保険<br><small>ほ けん</small> | 我有買旅行保險。<br>**旅行者 保険に 入っています。**<br><small>りょ こう しゃ ほ けん はい</small> |
|---|---|

解決
03
生病

## 檢查

| 怎麼了嗎？<br>**どう しましたか？** | 肚子痛。<br>**お腹が 痛いです。** |
|---|---|
| 有發燒嗎？<br>**熱は ありますか？** | 有一點發燒。<br>**少し 熱っぽいです。** |

有正在吃的藥嗎？
**今、飲んでる お薬は ありますか?**

| 從什麼時候開始？<br>**いつからですか?** | 昨天晚上開始。<br>**昨日の 夜からです。** |
|---|---|
| 我幫你打針。<br>**注射します。** | 那麼請把袖子捲起來。<br>**では、腕をまくってください。** |

我要檢查了，請側躺。
**診察します。横に なって ください。**

| 糖尿病<br>**糖尿病** |
|---|
| 高血壓<br>**高血圧** |

+

的藥正在吃。
**の薬を 飲んで
います。**

| 有<br>**あります。** | 沒有<br>**ありません。** | 是<br>**はい。** | 不是<br>**いいえ。** |
|---|---|---|---|

準備
入境、出境
移動
步行
過夜
飲食
玩樂
購物
**解決**
交流

状況如何？
## どんな 具合でしょうか？

要多久才能恢復？
## どのぐらいで 治りますか？

**處方**

| 入院<br>にゅう いん<br>**入院** | 手術<br>しゅ じゅつ<br>**手術** | X 光<br>**レントゲン** | 打針<br>ちゅう しゃ<br>**注射**  |
|---|---|---|---|

| 點滴<br>てん てき<br>**点滴** | 檢查<br>けん さ<br>**検査** | **+** | 有必要<br>ひつ よう<br>**が必要です。** | 要<br>**しましょう。** |
|---|---|---|---|---|

| 尿液<br>**おしっこ** | 大便<br>だい べん<br>**大便** | 糞便<br>**うんこ**  |
|---|---|---|

| 小便<br>しょう べん<br>**小便**  | **+** | 的檢查要做了。<br>けん さ<br>**の検査をします。** |
|---|---|---|

解決

04
検査

請放進這個容器，再放在那裡。
## この 容器に 入れて、容器置き場が
よう き　い　　　　　　 よう き お　ば
## あるので、そこに 置いてきて
お
## ください。

請保重！
## お大事に！
だい じ

## 買藥

| 感冒藥 <br> <ruby>風邪薬<rt>かぜぐすり</rt></ruby> | 胃腸藥 <br> <ruby>胃腸薬<rt>いちょうやく</rt></ruby> |
|---|---|

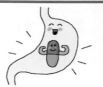

| 頭痛藥 <br> <ruby>頭痛薬<rt>ずつうやく</rt></ruby> | 暈車藥 <br> <ruby>酔い止め<rt>よど</rt></ruby> | 抗生素 <br> <ruby>抗生剤<rt>こうせいざい</rt></ruby> |
|---|---|---|

| 退燒藥 <br> <ruby>解熱剤<rt>げねつざい</rt></ruby> | 止痛劑 <br> <ruby>鎮痛剤<rt>ちんつうざい</rt></ruby> |
|---|---|

**+**

請給我

**をください。**

| 診斷書 <br> <ruby>診断書<rt>しんだんしょ</rt></ruby> | 處方籤 <br> <ruby>処方箋<rt>しょほうせん</rt></ruby> |
|---|---|

## 服藥方法

請一天服用 ~ 次。

<ruby>1日<rt>いちにち</rt></ruby> ~<ruby>回<rt>かい</rt></ruby>、<ruby>飲<rt>の</rt></ruby>んで ください。

| 早上 <br> <ruby>朝<rt>あさ</rt></ruby> | 中午 <br> <ruby>お昼<rt>ひる</rt></ruby> | 晚上 <br> <ruby>夜<rt>よる</rt></ruby> | 飯後 <br> <ruby>食後<rt>しょくご</rt></ruby> | 飯前 <br> <ruby>食前<rt>しょくぜん</rt></ruby> | ~ 錠 <br> <ruby>~錠<rt>じょう</rt></ruby> |
|---|---|---|---|---|---|

吃過藥了嗎？

**もう <ruby>薬<rt>くすり</rt></ruby>を <ruby>飲<rt>の</rt></ruby>みましたか？**

Yes ⇢ 吃過了。 **もう <ruby>飲<rt>の</rt></ruby>みました。**

No ⇢ 還沒。 **まだです。**

# 06 災難、災害、事故 <ruby>災難<rt>さい なん</rt></ruby>・<ruby>災害<rt>さい がい</rt></ruby>・<ruby>事故<rt>じ こ</rt></ruby>

**告知危急**

危險！
<ruby>危<rt>あぶ</rt></ruby>ない！

不好了！
<ruby>大変<rt>たい へん</rt></ruby>だ！

快逃！
<ruby>逃<rt>に</rt></ruby>げろ！

抓住那個人！
あの<ruby>人<rt>ひと</rt></ruby>、<ruby>捕<rt>つか</rt></ruby>まえて！

地震
<ruby>地震<rt>じ しん</rt></ruby>

震度
<ruby>震度<rt>しん ど</rt></ruby>〜

---

海嘯的擔憂
<ruby>津波<rt>つ なみ</rt></ruby>の<ruby>恐<rt>おそ</rt></ruby>れ

＋

不用（擔心）。
はありません。

要（擔心）。
があります。

---

| 海嘯 | 洪水 | 火災 | 病人 | 事故 | 交通事故 |
|---|---|---|---|---|---|
| <ruby>津波<rt>つ なみ</rt></ruby> | <ruby>洪水<rt>こう ずい</rt></ruby> | <ruby>火事<rt>か じ</rt></ruby> | <ruby>病人<rt>びょうにん</rt></ruby> | <ruby>事故<rt>じ こ</rt></ruby> | <ruby>交通事故<rt>こう つう じ こ</rt></ruby> |

| 小偷 | 扒手 | 強盜 | 扒竊 |
|---|---|---|---|
| <ruby>泥棒<rt>どろ ぼう</rt></ruby> | スリ | <ruby>強盗<rt>ごう とう</rt></ruby> | ひったくり |

＋

有！
です！

## 緊急狀況

| 警察<br>けいさつ<br>**警察** | 消防車<br>しょうぼうしゃ<br>**消防車** | 救護車<br>きゅうきゅうしゃ<br>**救急車** |
| --- | --- | --- |

+

請幫我叫
**を 呼んで ください。**

在外地旅行遇到大型事故或災難時，若是在東京等大都市請向大使館（たいしかん），小城鎮請向領事館（りょうじかん）聯絡。

請幫我打電話給 110。
**110番に 電話して ください。**
ひゃくとうばん　でんわ

我遇到扒手了。
**スリに 遭いました。**
あ

## 地震

避難所在哪裡？
**避難する 所は どこですか？**
ひなん　　ところ

廁所在哪裡？
**トイレは
どこですか？**

我想打國際電話…
**国際電話を かけたいんですが・・・**
こくさいでんわ

| 大使館<br>たいしかん<br>**大使館** |
| --- |
| 領事館<br>りょうじかん<br>**領事館** |

+

我想聯絡…
**と 連絡を 取りたいんですが・・・**
れんらく　　と

208

水
<ruby>水<rt>みず</rt></ruby>

濕紙巾
ウェットティッシュ

＋

要在哪裡領取呢？
は どこで <ruby>受<rt>う</rt></ruby>け<ruby>取<rt>と</rt></ruby>れば
いいですか？

衛生紙
トイレットペーパー

食物
<ruby>食<rt>た</rt></ruby>べ<ruby>物<rt>もの</rt></ruby>

棉被
<ruby>布<rt>ふ</rt></ruby><ruby>団<rt>とん</rt></ruby>

避難所
<ruby>避<rt>ひ</rt></ruby><ruby>難<rt>なん</rt></ruby><ruby>所<rt>じょ</rt></ruby>

要去哪裡才能
どこに <ruby>行<rt>い</rt></ruby>けば

電池
<ruby>電<rt>でん</rt></ruby><ruby>池<rt>ち</rt></ruby>

汽油
ガソリン

蠟燭
ろうそく

打火機
ライター

藥
<ruby>薬<rt>くすり</rt></ruby>

＋

拿到～呢？
が <ruby>手<rt>て</rt></ruby>に<ruby>入<rt>はい</rt></ruby>るんですか？

**遺失**

| 護照 | パスポート |
| --- | --- |

| 包包 | カバン |
| --- | --- |

| 背包 | リュック |
| --- | --- |

| 錢包 | お財布 |
| --- | --- |

| 錢 | お金 |
| --- | --- |

| 信用卡 | クレジットカード |
| --- | --- |

+

不見了。/ 遺失了。
**が無くなりました。**

被偷走了。
**が盗まれました。**

遺失了。
**を落としました。**

忘了帶。
**を忘れてきました。**

忘在某處了。
**を置き忘れました。**

沒有遺失物嗎？
**の落し物、ありませんでしたか？**

| 您說在哪裡？ | 您說在哪裡？ | 是什麼時候？ |
|---|---|---|
| どこで ですか？ | どこに ですか？ | いつ ですか？ |
| 地鐵裡面 | 地鐵裡面 | 不知道耶。 |
| 地下鉄の 中で | 地下鉄の 中に | わかりません。 |

找到的話
見つかったら

+

（一邊指著紙）這裡
ここに

台北駐日經濟文化代表處
台北駐日経済文化代表処

+

請聯絡
連絡して ください。

可以送到~嗎？
送って もらえませんか?

解決

06 災難、災害、事故

準備

入境、出境

移動

步行

過夜

飲食

玩樂

購物

**解決**

交流

**要求幫助**

請幫幫我。
助けて ください。

我不會日語。
日本語が できません。

該怎麼做呢？
どうしたら いいですか？

那個不行耶。
それは 困りましたね~

那個糟糕了。
それは 大変ですね~

**需要翻譯時**

會說英文嗎？
英語が できますか？

沒有會說中文的人嗎？
中国語が できる人、いませんか？

**充電**

我想充電…
充電したいんですが・・・

哪裡可以充電？
どこで 充電 できますか？

→

請在這裡充電。
こちらで どうぞ。

不好意思，因為我不懂日語 …
**すみません。日本語(にほんご)が できないので、代(か)わりに**

\+

可以幫我一個忙嗎？
**お願(ねが)い できますか？**

→ 好，好的。
**はい、いいですよ。**

請幫忙接一個電話。
**電話(でんわ)に 出(で)て ください。**

請幫忙打電話到這裡。
**ここに 電話(でんわ)して ください。**

我只會說一點。
**少(すこ)ししか できません。**

請寫在這裡。
**ここに 書(か)いて ください。**

請說慢一點。
**もっと ゆっくり 話(はな)して ください。**

Trip10 **交流** 交流する
こう りゅう

放風箏
たこ あ
凧揚げ

日本紙牌遊戲
カルタ

托球遊戲
けん玉
だま

打陀螺
こま回し
まわ

笑福面
ふく わら
福笑い

把眼睛遮住拼出
臉孔的新年遊戲。

擲骰子
すご ろく
双六

玻璃珠
ビー玉
だま

花牌
はな ふだ
花札

踢毽子
はね け
羽蹴り

傳統羽球
はね
羽根つき

像桌球那樣，用欒木板拍羽
毛毽子的傳統遊戲。

# 02 一年的節慶 年中行事 <ruby>年中行事<rt>ねん じゅう ぎょう じ</rt></ruby>

準備

入境、出境

移動

步行

過夜

飲食

玩樂

購物

解決

交流

## 1月

| 新年 お正月 <ruby>お正月<rt>しょう がつ</rt></ruby> | 新年料理 おせち料理 <ruby>おせち料理<rt>りょう り</rt></ruby> | 新年拜年 初詣 <ruby>初詣<rt>はつ もうで</rt></ruby> | 壓歲錢 お年玉 <ruby>お年玉<rt>とし だま</rt></ruby> | 求籤 おみくじ |
|---|---|---|---|---|

## 2月

| 節分 <ruby>節分<rt>せつ ぶん</rt></ruby> | 鬼怪 <ruby>鬼<rt>おに</rt></ruby> |
|---|---|

撒豆子 豆まき <ruby>豆<rt>まめ</rt></ruby>

撒豆子可以驅逐鬼怪。

情人節

バレンタインデー

## 3月

女兒節 ひな祭り <ruby>祭<rt>まつ</rt></ruby>

為祈求女兒健康會用人偶擺設。

在女兒節陳列的人偶。

雛人形 <ruby>雛人形<rt>ひな にん ぎょう</rt></ruby>

畢業典禮 卒業式 <ruby>卒業式<rt>そつ ぎょう しき</rt></ruby>

## 4月

賞花 花見 <ruby>花見<rt>はな み</rt></ruby>

| 開學典禮 入学式 <ruby>入学式<rt>にゅう がく しき</rt></ruby> | 恭喜入學！ 入学 おめでとう！ <ruby>入学<rt>にゅう がく</rt></ruby> |
|---|---|

## 5月

端午節 端午の 節句 <ruby>端午<rt>たん ご</rt></ruby> <ruby>節句<rt>せっ く</rt></ruby>

| 頭盔裝飾 兜飾り <ruby>兜飾<rt>かぶと かざ</rt></ruby> | 鯉魚旗 鯉のぼり <ruby>鯉<rt>こい</rt></ruby> |
|---|---|

七夕
たなばた
**七夕**

長條詩籤
たんざく
**短冊**

把願望寫在長條色紙上並綁在竹子上面。

竹葉
**ささのは**

**8月**

盂蘭盆節
ぼん
**お盆**

盆踊舞
ぼんおど
**盆踊り**

暑假
なつやす
**夏休み**

農曆7月15日晚上男女會聚在一起跳舞。

**9月**

中秋節
つきみ
**月見**

月見丸子
つきみだんご
**月見団子**

**10月**

賞楓
もみじが
**紅葉狩り**

**11月**

七五三節
しちごさん
**七五三**

為祈求孩子健康，在女孩3歲及7歲、男孩5歲時會前往神社參拜。

千歲飴
ちとせあめ
**千歳飴**

為祈求平安，給孩子吃的糖。

**12月**

聖誕節
**クリスマス**

12月31日
おおみそか
**大晦日**

大掃除
おおそうじ
**大掃除**

年末吃的蕎麥麵
としこし
**年越しそば**

12月31日一年的結束時，為獲得新年的氣運會吃蕎麥麵。

左側邊欄：
準備 | 入境、出境 | 移動 | 步行 | 過夜 | 飲食 | 玩樂 | 購物 | 解決 | 交流

**自我介紹**

初次見面。
**初めまして。**

大名是…？
**お名前は・・・？**

我叫 ~
**私は ～と申します。**

若對方感到發音困難，可以寫出名字。

キム ミン ソク
**金民奭**

很高興認識您。
**お会いできて うれしいです。**

**來自 ~**

你從哪裡來的？
**どこから 来たんですか？**

您從哪裡來的？
**どちらから いらっしゃったんですか？**

也可以説 どちらから いらしたんですか？

↓

| 韓國 | 台灣 | 美國 | 英國 | 俄羅斯 |
|---|---|---|---|---|
| **韓国** | **台湾** | **アメリカ**  | **イギリス** | **ロシア** |

+

| 台灣的 | 台北 | 高雄 | | 從 ~ 來的。 |
|---|---|---|---|---|
| **台湾の** | **タイペイ** | **カオシュン** | + | **から 来ました。** |

有去過台灣嗎？
**台湾に 行ったことが あります。**

感覺如何呢？
**どうでしたか？**

**學習日語**

你會說日語嗎？
**日本語が できますか？**

很好。
**よかったです。**

不，我不會。
**いいえ、できません。**

你的日語說得很好呢。
**日本語が 上手ですね。**

我只會說一點點。
**少ししか できません。**

是嗎？謝謝。
**そうですか? ありがとうございます。**

你是怎麼學日語的？
**どうやって 勉強していますか？**

| 戲劇 | 漫畫 | 動畫 |
|------|------|------|
| **ドラマ** | **漫画** | **アニメ** |
| 學校 | J-POP | 獨自 |
| **学校** | **J-POP** | **一人** |

＋

用 ~ 學習的。
**で 勉強して います。**

準備

入境、出境

移動

步行

過夜

飲食

玩樂

購物

解決

交流

**旅遊目的**

你是來旅行的嗎？
ご旅行ですか？

→ Yes →

是的，來旅行的。
はい、旅行です。

↓ No

不是
いいえ

＋

| 工作 | 進修 | 留學 |
|------|------|------|
| 仕事 | 研修 | 留学 |

＋

來～的。
で来ました。

**訪問次數**

您是第一次來到日本嗎？
日本は 初めてですか？

→ Yes →

對，是第一次。
はい、初めてです。

常常來。
よく来ます。

偶爾來。
たまに来ます。

↓ No

不是。
いいえ。

＋

| 第2次 | 第3次 | 第4次 |
|-------|-------|-------|
| 2回目 | 3回目 | 4回目 |

＋

是～
です。

**昨天行程**

昨天去了哪裡？
昨日は どこに 行きましたか？

去了～
～へ 行きました。

明天要去哪裡？
明日は どこに 行きますか？

明天打算去～
明日は ～へ 行く つもりです。

| | |
|---|---|
| 旅行共幾天呢？<br>旅行は 何日間ですか？ | 何時回國？<br>お帰りはいつですか？ |

↓ ↓

| 3 天<br>みっかかん<br>**3日間** | 一星期<br>いっしゅうかん<br>**一週間** |
|---|---|
| 3 天 2 夜<br>にはくみっか<br>**2泊3日** | 4 天 3 夜<br>さんぱくよっか<br>**3泊4日** |
| 5 天 4 夜<br>よんぱくいつか<br>**4泊5日** | **＋** 是 ~<br>**です。** |

| 明天<br>あした<br>**明日** | 後天<br>あさって<br>**明後日** |
|---|---|
| 3 天後<br>みっかご<br>**3日後** | 一星期後<br>いっしゅうかんご<br>**一週間後** |
| 下個星期三<br>らいしゅう　すいようび<br>**来週の 水曜日** | **＋** 是 ~<br>**です。** |

您做什麼工作？
お仕事は？

| 學生<br>がくせい<br>**学生**  | 大學生<br>だいがくせい<br>**大学生** | 上班族<br>かいしゃいん<br>**会社員**  |
|---|---|---|
| 公務員<br>こうむいん<br>**公務員** | 自營業<br>じえいぎょう<br>**自営業**  | 主婦<br>しゅふ<br>**主婦**  | 護理師<br>べんごし<br>**弁護士** |
| 醫師<br>いし<br>**医師**  | 老師<br>きょうし<br>**教師**  | 講師<br>こうし<br>**講師** | 啃老族<br>**ニート** | **＋** 是 ~<br>**です。** |

交流

04 旅遊行程和職業

# 05 年紀 年 <ruby>年<rt>とし</rt></ruby>

準備

入境、出境

移動

步行

過夜

飲食

玩樂

購物

解決

交流

## 年紀

請問幾歲了？
**何歳ですか？** <ruby>何歳<rt>なんさい</rt></ruby>

我 25 歲了。
**25歳です。** <ruby>25歳<rt>にじゅうごさい</rt></ruby>

## 生日與年號

若問日本人生日，會聽到昭和幾年或平成幾年這樣的答案，這是因為在日本使用的不是西元，而是傳統的紀年法，包括政府公文等許多地方現仍是使用年號，要改變不容易，對我們來說即使感到有點陌生，也來參考下面的年號，學看看該怎麼換算吧！
（*2018 年是平成 30 年）

你是幾年次的？
**何年生まれですか？** <ruby>何年<rt>なんねん</rt></ruby><ruby>生<rt>う</rt></ruby>

你是西元幾年次的？
**西暦何年ですか？** <ruby>西暦<rt>せいれき</rt></ruby><ruby>何年<rt>なんねん</rt></ruby>

↓

昭和 55 年生。
**昭和５５年生まれです。** <ruby>昭和<rt>しょうわ</rt></ruby><ruby>５５年<rt>ごじゅうごねん</rt></ruby><ruby>生<rt>う</rt></ruby>

→

↓

1980 年生。
**１９８０年です。** <ruby>１９８０年<rt>せんきゅうひゃくはちじゅうねん</rt></ruby>

平成 5 年生。
**平成 ５年です。** <ruby>平成<rt>へいせい</rt></ruby><ruby>５年<rt>ごねん</rt></ruby>

昭和從 1926 年開始，1926 年即是昭和 1 年，昭和 55 年就是 1980 年；同理平成 1 年是 1989 年，平成 5 年就是 1993 年。

| 明治<br>**明治(45年)** <ruby>明治<rt>めいじ</rt></ruby><br>1868~1912 | 大正<br>**大正(15年)** <ruby>大正<rt>たいしょう</rt></ruby><br>1912~1926 | 昭和<br>**昭和(64年)** <ruby>昭和<rt>しょうわ</rt></ruby><br>1926~1989 | 平成<br>**平成(31年)** <ruby>平成<rt>へいせい</rt></ruby><br>1989~2019 |
|---|---|---|---|

年號是紀念日本天皇即位，從天皇駕崩隔天開始使用新的年號，因此可能會出現一年之內存在兩種年號，平成則是天皇決定生前退位，憲政史上第一次經由皇室會議決定 2019 年 4 月 30 日為退位日。

# 06 興趣 趣味

## 興趣相關問題

| 你的興趣是什麼？<br>しゅみ なん<br>趣味は 何ですか？ | 欣賞電影<br>えい が かんしょう<br>映画鑑賞 | 讀書<br>どくしょ<br>読書 | 利用星期日<br>做木工<br>にち よう だい く<br>日曜大工 |
|---|---|---|---|

| 繪畫<br>え<br>絵 | 鋼琴<br>ピアノ | 漫畫<br>まん が<br>漫画 | 吉他<br>ギター | | 釣魚<br>つ<br>釣り | | 旅行<br>りょ こう<br>旅行 |
|---|---|---|---|---|---|---|---|

| 開車兜風<br>ドライブ | 料理<br>りょう り<br>料理 | 棒球<br>や きゅう<br>野球 | 足球<br>サッカー | + | 是~<br>です。 |
|---|---|---|---|---|---|

## 回答興趣

| 看電影<br>えい が み<br>映画を 見る | 聽音樂<br>おん がく き<br>音楽を 聴く | | + | 做~<br>ことです。 |
|---|---|---|---|---|

| 讀書<br>ほん よ<br>本を 読む | 看漫畫<br>まん が よ<br>漫画を 読む | 做料理<br>りょう り つく<br>料理を 作る | 去旅行<br>りょ こう<br>旅行をする |
|---|---|---|---|

| 照相<br>しゃ しん と<br>写真を 撮る | | 畫圖<br>え えが<br>絵を 描く | 彈鋼琴<br>ひ<br>ピアノを 弾く |
|---|---|---|---|

| 打棒球<br>や きゅう<br>野球を する | 踢足球<br>サッカーをする | | 彈吉他<br>ひ<br>ギターを 弾く |
|---|---|---|---|

準備

入境、出境

移動

步行

過夜

飲食

玩樂

購物

解決

交流

最近有什麼好看的電視劇？
さい きん
最近、どんなドラマが 面白いですか？
おも しろ

以後再告訴您劇名。
あと だい めい おし
後で 題名を 教えます。

在台灣也很有名。
たい わん にん き
台湾でも 人気が ありますよ。

你喜歡台灣電視劇中的哪一部？
たい わん なか なに す
台湾のドラマの 中で 何が 好きですか？

由誰主演呢？
だれ で
誰が 出て いますか？

在台灣是很紅的電視劇。
たい わん
台湾で ヒットした ドラマです。

那首歌不錯吧！？
うた
あの 歌、いいでしょ？

你喜歡的演員有誰？
す はい ゆう だれ
好きな 俳優は 誰ですか？

我從以前就很喜歡了。
むかし す
昔から 好きでした。

歌手的名字是…？
か しゅ な まえ
歌手の 名前は？

我也很喜歡。
わたし す
私も 好きです。

在台灣是有名的~。
たい わん ゆう めい
台湾で 有名な～です。

請一定要聽看看。
き
ぜひ、聞いて ください。

| 歌 | 演員 | 女演員 | 電影 |
|---|---|---|---|
| うた | はい ゆう | じょ ゆう | えい が |
| 歌 | 俳優 | 女優 | 映画 |

請一定要看看。
み
ぜひ、見て ください。

這個用日語要怎麼說？
**これ、日本語で 何？**

請問這個用日語要怎麼說？
**これは 日本語で 何と 言いますか？**

↓

是～。
**～だよ。**

這個是貓。

這個是 ～。
**これは～と 言います。**

這個要怎麼唸？
**これは どう 読む？**

這個要怎麼唸？
**これは どう 読みますか？**

我不知道。
**よく わからない。**

我不知道。
**よく わかりません。**

說慢一點！
**もう少し ゆっくり！**

可以請您說慢一點嗎？
**もう少し ゆっくり 言って もらえますか？**

再說一次！
**もう一度 お願い！**

請再說一次。
**もう一度 言って ください。**

可以寫下來嗎？
**書いて くれる？**

可以請您寫下來嗎？
**書いて もらえますか？**

準備

入境、出境

移動

步行

過夜

飲食

玩樂

購物

解決

交流

---

如果 ~ 的話，
~ 比較好呢？

**~なら~がいいですか？**

如果要去札幌的話，
哪個季節比較好呢？

**礼幌に行くならどの季節がいいですか？**

---

如果要去賞櫻，什麼時候去比較好呢？

**花見をするならいつがいいですか？**

---

如果要去看楓葉，哪裡比較好呢？

**紅葉を見に行くなら どこがいいですか？**

---

如果要去看祭典，哪時比較好呢？

**お祭を見るならいつがいいですか？**

---

~ 哪裡最有名呢？

**~はどこが一番有名ですか？**

| 櫻花 | 煙火 | 楓葉 | 祭典 |
|---|---|---|---|
| 桜 | 花火 | 紅葉 | 祭 |

---

很 ~ 呢！

**~ですね。**

很熱呢！

**暑いですね。**

很冷呢！

**寒いですね。**

---

很潮濕呢！

**湿気が多いですね。**

日本的新年怎麼過呢？
日本の お正月は どうやって 過ごしますか？

日本也有～嗎？
日本にも～が ありますか？

日本也有中秋節嗎？
日本にも チュソクが ありますか？

有什麼有名的～？
有名な～は 何ですか？

有什麼有名的食物？
有名な 食べ物は 何ですか？

我想要～
～みたいです。

我想要穿看看和服。
着物が 着て みたいです。

我想要去祭典。
お祭に 行って みたいです。

我想要去泡溫泉。
温泉に 行って みたいです。

哪個溫泉比較好？
どこの 温泉が いいですか？

我想吃壽司…
お寿司が 食べたいんですが・・・

**道別時說的話**

| 再見。<br>**さようなら。** | 謝謝。<br>**ありがとうございます。** |
|---|---|

↓

| 不客氣。<br>**どういたしまして。** | 我才要謝謝。<br>**こちらこそ、ありがとうございます。** |
|---|---|

**用常體道別**

| 今天非常愉快。<br>今日は とても 楽しかった。 | 很多地方都謝謝你。<br>いろいろ、ありがとうね。 |
|---|---|

| 幫我向～問好。<br>～に よろしく。 | 路上小心。<br>気を つけて。 |
|---|---|

| 到的話聯絡我。<br>着いたら 連絡するね。 | 祝你旅行愉快！<br>よい 旅を！＝よい 旅行を！ |
|---|---|

**用敬體道別**

今天非常愉快。
今日は とても 楽しかったです。

很多地方都麻煩您了。
いろいろ、お世話に なりました。

| 請代我向 ~ 問好。<br>~に よろしく お伝え ください。 | 到的話請聯絡我。<br>着いたら 連絡します。 |
|---|---|
| 路上請小心。<br>気を つけて お帰り ください。 | 祝您有愉快的旅行。<br>よい ご旅行を！ |

**聯絡方式**

不介意的話，<br>よかったら、

+

| 姓名<br>名前 | 地址<br>住所 | 電話<br>電話番号 | 電子郵件<br>メールアドレス |
|---|---|---|---|

+

請告訴我 ~<br>を 教えて ください。

請寫在這裡。<br>を ここに 書いて ください。

| 照片<br>写真 | 電子郵件<br>メール | 信<br>手紙 |
|---|---|---|

+

我會寄 ~<br>を 送ります。

下次請再來玩。
## また、来てください。

請保重。
## 元気でね。

（較久的離別）再見。
## さようなら。

您來台灣時請聯絡我。
## 台湾に 来る 時は 連絡 ください。

路上請小心。
## お気を つけて。

拜拜！
## バイバイ!

那麼，請好好創造許多很棒的回憶吧！

**では、いい思い出たくさん作ってくださいね♡**

ドッキ～～ン

# 旅遊日語不卡卡，圖解關鍵字彙與會話大全！

作　　者：林旦妃 / 倉本妙子 著；奧村裕次 監修
譯　　者：陳盈之
企劃編輯：王建賀
文字編輯：江雅鈴
設計裝幀：張寶莉
發 行 人：廖文良

發 行 所：碁峰資訊股份有限公司
地　　址：台北市南港區三重路 66 號 7 樓之 6
電　　話：(02)2788-2408
傳　　真：(02)8192-4433
網　　站：www.gotop.com.tw
書　　號：ALJ000500
版　　次：2018 年 09 月初版
建議售價：NT$280

國家圖書館出版品預行編目資料

旅遊日語不卡卡，圖解關鍵字彙與會話大全！/ 林旦妃，倉
本妙子原著；陳盈之譯. -- 初版. -- 臺北市：碁峰資訊，
2018.09
　　面；　公分
　　ISBN 978-986-476-858-5(平裝)
　　1.日語　2.詞彙　3.會話
803.12　　　　　　　　　　　　　　　　　107015011

## 讀者服務

● 感謝您購買碁峰圖書，如果
您對本書的內容或表達上
有不清楚的地方或其他建
議，請至碁峰網站：「聯絡我
們」\「圖書問題」留下您所
購買之書籍及問題。(請註
明購買書籍之書號及書名，
以及問題頁數，以便能儘快
為您處理)
http://www.gotop.com.tw

● 售後服務僅限書籍本身內
容，若是軟、硬體問題，請
您直接與軟、硬體廠商聯
絡。

● 若於購買書籍後發現有破
損、缺頁、裝訂錯誤之問題，
請直接將書寄回更換，並註
明您的姓名、連絡電話及地
址，將有專人與您連絡補寄
商品。

● 歡迎至碁峰購物網
http://shopping.gotop.com.tw
選購所需產品。